Tine sa Chácóin

Tuilleadh leabhar Gaeilge le fáil ó Evertype

Asarlaí Iontach Oz
(L. Frank Baum, aist. Colin Parmar, 2018)

Armas: Sracfhéachaint ar Araltas na hÉireann
(Nicholas Williams, 2017)

Eachtra Eibhlíse i dTír na nIontas
(Lewis Carroll, aist. Pádraig Ó Cadhla, 2015)

Cogadh na Reann
(H. G. Wells, aist. Leon Ó Broin, 2015)

An Fhondúireacht
(Isaac Asimov, aist. Panu Petteri Höglund, 2014)

Cás aduain an Dr Jekyll agus Mhr Hyde
(R. L. Stevenson, aist. Conall Ceárnach, 2014)

An tSlaivéin (Panu Petteri Höglund, 2013)

An Leabhar Craicinn (Panu Petteri Höglund, 2013)

An Leabhar Nimhe (Panu Petteri Höglund & S. Albert Kivinen, 2012)

Cú na mBaskerville
(Arthur Conan Doyle, aist. Nioclás Tóibín, 2012)

An Hobad, nó Anonn agus Ar Ais Arís
(J. R. R. Tolkien, aist. Nicholas Williams, 2012)

Sciorrfhocail (Panu Petteri Höglund, 2009)

Lastall den Scáthán agus a bhFuair Eilís Ann Roimpi
(Lewis Carroll, aist. Nicholas Williams, 2009)

Cuairt na Cruinne in Ochtó Lá
(Jules Verne, aist. Torna (Tadhg Ua Donnchadha), 2009)

Eachtraí Eilíse i dTír na nIontas
(Lewis Carroll, aist. Nicholas Williams, 2007)

Tine sa Chácóin

Panu Petteri Höglund

a scríobh

evertype

2018

Arna fhoilsiú ag Evertype, 19A Corso Street, Dundee, DD2 1DR, Alba. *www.evertype.com.*

Téacs © 2011–2018 Panu Petteri Höglund.

Foilsíodh an leabhar seo den chéad uair faoin teideal "Tine san Iúntlainn" san iris *An Gael*, Geimhreadh 2011, Earrach 2012, Samhradh 2012, Fómhar 2012, Geimhreadh 2012, Earrach 2013, Samhradh 2013, Fómhar 2013, Geimhreadh 2013, Earrach 2014, Samhradh 2014, Fómhar 2014, Geimhreadh 2014, agus Earrach 2015.

Tá taifead catalóige don leabhar seo le fáil ó Leabharlann na Breataine. *A catalogue record for this book is available from the British Library.*

ISBN-10 1-78201-224-9
ISBN-13 978-1-78201-224-5

Dearadh agus clóchur: Michael Everson.
  Leipziger Antiqua agus **Futura** na clónna.

Maisiúcháin: Mathew Staunton.

Clúdach: Michael Everson.
  Grianghraf Phanu le Ruth Gaughan, Londain.
  www.magpiephotographic.com.

Arna chlóbhualadh ag LightningSource.

iv

Clár an Ábhair

Saothar ficsin é seo.
Níl baint ag na carachtair
le haon duine beo ná marbh,
amach ón ngnáthinspioráid a fhaigheas
gach saothar liteartha ón saol
timpeall an scríbhneora.

Do N. M. a thiomnaím.

Carachtair sa Scéil

Abdi—buachaill óg de phór na Sómáile

Adrian Afinogenoff—gníomhaire de chuid na Státslándála, Cácónach de phór na Rúise ar tháinig a mhuintir anall i dtús na bhfichidí

Hartmut Bauer—constábla speisialta atá i gceannas ar fhoireann éigeandála na bpóilíní

Franziska—cailín Gearmánach-Chácónach agus í mór le Musa

Veronika Haas-Karkan—póilín mná Gearmánach-Chácónach

Haweeyo—cailín óg de phór na Sómáile, agus lámh is focal idir í agus Abdi

Mahmud Herati—athair teaghlaigh ón Afganastáin

Pir-Urban Hochstraaten—teangeolaí Cácónach a bhfuil Gaeilge aige

Berto Josepo Kaltepon—teangeolaí agus blagadóir arb é cinnire na heite deise antoiscí i dtír na Cácóine é

Helia Kaltepon—bean chéile Berto Josepo Kaltepon

Remund Kalvake—státseirbhíseach ardchéime i Roinn na nGnóthaí Inmheánacha, agus é i gceannas ar phóilíní na Cácóine go léir

Karol Koperlun—constábla agus cóisteálaí sacair

Ingria Kosken—saineolaí fóiréinsice de chuid na bpóilíní

vii

Tine sa Chácóin

Abdullah Kuqi—póilín Cácónach de phór na Cosaive
Naima Mohamud—ealaíontóir óg mná de phór na Sómáile
Musa—buachaill óg de phór na Sómáile, cara le hAbdi
Eldar Mutekan—athair Mhikal Mutekan
Mikal Mutekan—fear óg atá ag obair i lárionad rúnda na heite deise antoiscí
Pireta Mutekan—máthair Mhikal Mutekan
Estepan Palemolk—scríbhneoir óg a bhfuil baint aige le hantoiscigh na heite deise sa Chácóin
Viktor Perkan—fear céile Mhargret Voigt-Perkan
Vladimir Vasilyevich Platonov—gníomhaire rúnda ón Rúis agus é ag comhoibriú leis an eite dheis antoisceach sa Chácóin
Nestor Pontapea—seanfhear agus gníomhaí i ngluaiseacht antoisceach na heite deise sa Chácóin
Iovanes Portuman—fear óg atá ag obair i lárionad rúnda na heite deise antoiscí
Art-Zakar Renikan—cigire póilíní a bhfuil Makar Turkan ag obair dó
Sandra—cailín óg Gearmánach-Chácónach, cara le Franziska
Tahvet Sastamon—constábla
Schwanenfeld—dlíodóir atá ag obair do na póilíní
Uwe Schultheiss—oifigeach i Seirbhís na Faisnéise, Fórsaí Armtha na Cácóine
Freimut Steinmetz—constábla
Waltraud "Traud" Stellmacher—banaltra in Ospidéal Cuimhneacháin Iognáid Semmelweis
Samael Tompar—sceimhlitheoir a bhfuil baint aige le hantoiscigh na heite deise sa Chácóin

Carachtair sa Scéil

Makar Turkan—póilín (bleachtaire) arb é a chúram dúnmharú Berto Josepo Kaltepon a fhiosrú

Evalt Vertan—dúnmharfóir óg

Margret Voigt-Perkan—banaltra in Ospidéal Cuimhneacháin Iognáid Semmelweis

Tanja Voigt—deirfiúir Mhargret

Victoria Voigt—iníon Mhargret Voigt-Perkan agus Viktor Perkan

Maryam Yusufzai-Herati—máthair theaghlaigh ón Afganastáin

Gerhard Zeitzler—fear gnó

Mehmet Zymberi—póilín Cácónach de phór na Cosaive

Tá na himeachtaí suite sa **Chácóin**, tír bheag i dTuaisceart na hEorpa. Tá teorainn fhada ag an gCácóin leis an Rúis, ach is ballstát den Aontas Eorpach í. Is iad na teangacha oifigiúla atá le cloisteáil sa Chácóin ná an Chácóinis agus an Ghearmáinis, agus an dara ceann acu sách coitianta sna cathracha móra.

1
Ná hÓlaigí Beoir!

Nuair a dhúisigh Helia Kaltepon, ba é an chéad rud a thug sí faoi deara ná go raibh sé i bhfad róchiúin sa teach. Bhí a fear céile, Berto Josepo Kaltepon, imithe óna taobh cheana féin, ach ní rud as an ngnáth a bhí ann go díreach. Faoin am seo den mhaidin bhíodh sé ag réabadh leis ar a ríomhaire ag craobhscaoileadh a shoiscéala ar an Idirlíon. Ach ba é sin an rud féin a bhí ar iarraidh, nó níor chuala sí ag bualadh an mhéarchláir é.

Bhain sí an blaincéad di agus sheas sí suas le súil a chaitheamh i staidéarlann an fhir, áit a raibh a chuid leabhar faoi na seanteangacha marbha, chomh maith leis an ríomhaire. B'annamh a d'fheicfeá ag léamh na leabhar ar na saoltaibh seo é, áfach, nó bhí a chroí sáite sa pholaitíocht ar fad. Ní thagadh stad ná cónaí air ach ag stealladh a chuid tuairimí ar a bhlag agus ar Fhóram na Cúise, an fóram Gréasáin a bhunaigh Berto le haghaidh lucht a leanúna.

D'oscail Helia doras na staidéarlainne. Cé go raibh solas an Earraigh amuigh, bhí sé réasúnta dorcha sa seomra, nó ba ghnách le Berto na cuirtíní a choinneáil druidte agus a chuid oibre idir lámhaibh aige, más obair féin a bhí ann.

Tine sa Chácóin

Ar dtús shíl Helia nach raibh Berto sa bhaile ar chor ar bith. B'fhéidir go raibh sé amuigh ag ceannach toitíní. Ach tamaillín ina dhiaidh sin chuir sí sonrú sa mholl ar an urlár agus sa bholadh aisteach a bhí as. Ar feadh soicinde rinne sí iontas de, nó ní raibh sí in ann a aithint cad é an rud faoin spéir a bhí ann. Ansin, áfach, thug sí faoi deara an aghaidh mhílítheach a raibh gnúis na heagla marfaí uirthi, agus na smáil leath-thriomaithe fola le feiceáil go soiléir ar an gcraiceann liathbhán. Bhí an dath imithe as a chlí chomh hiomlán is go bhfuair Helia deacair glacadh leis go raibh an dealbh chéarach sin ina dhuine beo tamall ó shin, agus gurbh é a fear céile é. Ansin, arís, tháinig an tuiscint aici gurbh é sin an chuma ba dhual don duine tar éis bháis agus nach bhfillfeadh an t-anam sa chorpán sin roimh Lá an Bhreithiúnais.

Ní dheachaigh Helia ar mire le brón ach i ndiaidh tamaill. Nuair a ghlac sí leis an smaoineamh go raibh Berto marbh, ba ábhar iontais di féin an greim docht a choinnigh sí ar a stuaim. Bhí a hinchinn ag obair mar a bheadh róbat inti. Ar bhealach ba é seo an rud a bhí ar na bacáin le fada an lá. Ó thosaigh Berto ag cur an iomarca suime i gcúrsaí polaitíochta, ní raibh sé ach ag tarraingt trioblóide anuas air féin agus ag spreagadh easaontais agus cointinne ar fud na sochaí. Bhí drong de chúlaistíní ag tacú leis agus ag ionsaí aon duine a raibh de mhisneach aige locht a fháil ar thuairimí Bherto. I dtús báire fuair na daoine sin drochbhuille scanraithe, ach ansin, tháinig fonn fíochmhar díoltais sna sála ag an scanradh. Mar sin, bhí an tír ag cur thar maoil le daoine a raibh cúis phearsanta acu Berto a mharú. Bhí sé á thaibhsiú do Helia le tamall maith ama anuas go raibh a leithéid seo ag teacht, mar sin, agus ar dhóigh ba ábhar faoisimh di go raibh sí féin beo beathaíoch i gcónaí anois, agus an rud dosheachanta tite amach.

Ach ón taobh eile de, go nuige seo mhair léaró éigin dóchais ina croí go n-éireodh Berto as an bpolaiteoireacht agus as an mbolscaireacht nach raibh ach ag dul chun díobhála don dís acu. An caidreamh a bhí acu le chéile bhí sé imithe glan oscartha chun donais, ach mar sin féin choinnigh na dea-chuimhní ó thús rómánsúil a gcumainn ag dréim le bisiú na gcúrsaí í. Anois, áfach, ní thiocfadh an biseach sin i gcrann choíche. Bhí Berto marbh, an t-anam fáiscthe as ag na seantithe a tharraing sé anuas air féin, agus ní raibh aicise ach na cuimhní sin. Nuair a casadh Berto an chéad uair uirthi tá roinnt bhlianta ó shin, ní fhéadfá a leithéid d'athrú a shamhlú leis ar chor ar bith. D'imigh sin agus tháinig seo: i dtoibinne fuair sí amach go raibh sí pósta ar fhanaiceach nach raibh a aird ach ar na ciníocha coimhthíocha agus ar a dhainséaraí a bhí siad don Chácóin: na Gearmánaigh áitiúla, na Giúdaigh, na Muslamaigh, na hArabaigh, bain do rogha astu.

Rug sí ar an nguthán siúil le fios a chur ar na póilíní, ach nuair a bhí sí díreach ag cur in iúl dóibh céard a d'éirigh do Bherto, bhuail an brón í mar a bheadh tonn tuile ann, agus cnagadh as a seasamh í nuair a phléasc a gol uirthi.

"Kaltepon, Berto Josepo," arsa an cigire póilíní Art-Zakar Renikan go smaointiúil. "Bhí sé seacht mbliana déag is fiche d'aois, agus é ina dhochtúir fealsúnachta.

3

Scríobh sé a thráchtas faoi theanga aisteach éigin... Sogdais? An bhfuil sin ceart?"

"Sogdais muise," a d'fhreagair an bleachtaire Makar Turkan, cúntóir an Chigire. "Ní raibh a fhios agam féin a dhath ar dtús, ach is éard a deir ár gcara ionúin Google gur seanteanga Iaránach a bhí ann a labhraítí i Lár na hÁise fadó. San áit a bhfuil an Úisbéiceastáin, an Taidsíceastáin nó -stáin éigin eile de chuid an Aontais Shóivéadaigh nach maireann."

"Níl mé cinnte an bhfuil leid ar bith ann dáiríre," arsa Renikan agus é ag ligean osna as.

"Ná déanaimis neamhshuim de," a d'fhreagair Turkan. "Bíonn lucht an acadaimh in achrann le chéile ar chúiseanna proifisiúnta go minic. Samhlaigh duit teangeolaí éigin eile atá ag plé leis an...leis an...leis an diabhal Sogdaise sin agus é in éad le Kaltepon faoina chuid taighde."

"Ceart go leor, breathnaímis é," arsa Renikan go tuirseach. "Teoiriceoir acadúil a bhí in Kaltepon pé scéal é agus ní shaothródh sé sciúrtóg rua ar a raibh foghlamtha aige. Níl caidreamh dioplómatúil ná trádáil ar bith ag ár dtír le ríocht na Sogdach, nó chaithfeá taisteal san am leis an áit sin a bhaint amach, is dóigh liom. Ní theastaíonn teangairí Sogdaise ón Roinn Gnóthaí Eachtracha, ná ó PETROKAUK, ná ó KAUKICOMP. Ach anois, maidir le Kaltepon, cár saolaíodh é?"

"Áit éigin thuaidh... Fan go fóill..." arsa Turkan go smaointiúil. "Tháinig sé chun saoil i bPerareak. Sea, Perareak. Cathair bheag in iarthuaisceart na tíre. Sna cúlriasca."

"Sna cúlriasca muis, agus ansin tháinig sé go Molopea ar lorg oiliúna is oideachais," arsa Renikan. "Is mór an trua nár fhoghlaim sé ceird éigin a mbeadh airgead inti. An raibh naimhde aige? Bhí muis. Ach is é an duine is cóngaraí don mharbhán is luaithe a sheiceáiltear. Cad é do bharúil den bhean chéile?"

Bhí Turkan i ndiaidh ceastóireacht a chur ar an mbean, agus aithne éigin aige uirthi mar sin.

"Is follasach go raibh an pósadh sin ag dul ó mhaith le tamall anuas. Ba í a bhean chéile a choinníodh bia agus beatha le Kaltepon, nó ní raibh scoláireachtaí ag dul dó a thuilleadh, agus céim an dochtúra aige cheana féin. Mar sin, ní thiocfadh sé aniar aduaidh orm dá mba í an bhean chéile an ciontóir, nó bhí tucaid aici ar a laghad. Bhí sí ag gol go faíoch nuair a tháinig na póilíní uirthi san árasán gan de chuideachta aici ach an fear marbh, ach is é an tátal a bhain mé aisti nach raibh sí chomh mór faoi mhéala agus ba chóir, tar éis an tsaoil. Bhí sí faoi theannas neirbhíseach le fada ag an gcallán a bhí a fear céile a tharraingt ar an nGréasán, agus ba mhór an faoiseamh a fuair sí nuair a scaoileadh an teannas sin."

"Ach, ar ndóigh, fuair leath na tíre sco an faoiseamh céanna," a d'fhreagair Renikan. "Caithfidh muid a bhlag a léamh ó thús deiridh le fáil amach cé hiad go léir a d'ionsaigh sé ina chuid scríbhinní agus faltanas acu dó."

"Nuair a deir tú 'caithfidh muid', is é an duine a chaithfeas an obair a dhéanamh ná—"

"Makar Turkan!" a d'fhreagair Renikan go geal-gháireach.

5

"Beidh mé marbh ar fad ag déanamh staidéir ar a chuid seafóide," arsa Turkan go mairgiúil. "Chaitheadh sé anuas ar na Gearmánaigh, na Giúdaigh, na hArabaigh, na Muslamaigh, na Cumannaigh, na Liobrálaigh, na Coimeádaigh, na Daonlathaigh Chríostaí, lucht leanúna Pháirtí na bhFeirmeoirí, bain do rogha astu. Níl mé cinnte an ndearna sé ionsaí ar na Hiondúigh ag am éigin, ach ní chuirfeadh sé iontas orm."

"Beir ar do mhisneach," arsa Renikan. "Tiocfaidh rud éigin as i ndeireadh báire."

Mar sin, ní raibh le déanamh ag Makar Turkan ach cromadh ar an obair léitheoireachta, an lá arna mhárach. Phriontáil sé amach na blagmhíreanna go léir a tháinig ó mhéarchlár róbhisiúil Kaltepon, lig sé osna a mhair ó mhaidin go headra, agus thosaigh sé ag scrúdú na leathanach. Bhreac sé síos nótaí i ndiaidh nótaí ag iarraidh cuntas éigin a choinneáil ar na daoine agus ar na dreamanna a bhí á gcáineadh ag Kaltepon:

"Is leis na Giúdaigh Hollywood..." Ba mhinic a d'áitíodh Kaltepon nach frith-Ghiúdach a bhí ann, ach mar sin féin, níor theip air an sean-nathán sin a tharraingt chuige ó am go ham. Ar ndóigh bhí sé barúlach go raibh an iomarca cainte agus cabaireachta ann faoin Uileloscadh, agus níor mhaith sé do Steven Spielberg riamh go raibh scannán cosúil le *Liosta Schindler* déanta aige. Scéal eile é gur mhinic dó Iosrael a mholadh, toisc go raibh na hIosraelaigh ag marú Arabaigh, agus ba mhaith an rud é Arabaigh a mharú, dar le Kaltepon, cibé cé a mharaigh agus cén fáth. Bhí na Giúdaigh ceart go leor, dar le Kaltepon, ar acht is nach raibh siad ina gcónaí i Hollywood ná sa Chácóin.

Ná hÓlaigí Beoir!

"Príomh-Raibí an phobail Ghiúdaigh i Molopea." Bhí an raibí sin, Moshe Krakawer, i ndiaidh locht a fháil ar Kaltepon go poiblí, agus ar ndóigh b'ionann sin agus cogadh a fhógairt, nuair a bhí Kaltepon i gceist. Is éard a dúirt Krakawer lena chuid fíréan gur chreid sé go raibh Kaltepon ionraic ag iarraidh tacú agus treisiú le hIosrael lena chuid scríbhinní, ach, san am chéanna, go raibh sé féin inbharúla nach raibh na scríbhinní sin ag dul chun leasa do phobal Ghiúdach na Cácóine go fadtréimhseach, agus imní air mar sin. Pé scéal é, chomhairligh sé do Ghiúdaigh na Cácóine gan a bheith ag caidreamh ná ag comhoibriú le lucht leanúna Kaltepon. I ndiaidh don ráiteas sin dul i gcló, bhreac Kaltepon síos raitréata ceithre chlóleathanach go leith ag cur síos do Krakawer go raibh sé ag sodar i ndiaidh na gCumannach, go raibh sé ina Chumannach é féin agus go raibh na hArabaigh ag bualadh craicinn lena bhean chéile. Baintreach fir a bhí sa Raibí, ach ba chuma le Kaltepon faoina leithéid de mhionsonraí nuair a bhí a sheanráig air. Le fírinne d'fhéadfadh Krakawer an dlí a chur ar Kaltepon as a leithéid de mhasla, ach níor chuir. Fear séimh spioradálta a bhí ann a d'fhágfadh faoi Dhia A rogha pionós a ghearradh don ghonadóir. Is dócha nárbh eisean an dúnmharfóir. Mar sin féin, ar eagla na heagla ba chóir dul ag fiafraí de cá raibh sé ar an nóiméad a maraíodh Kaltepon.

Agus conas a maraíodh é? Sádh le baignéad é, an diabhal bocht, nó le scian mhór gharbh cosúil le baignéad, agus pé cineál miodóg a bhí ann níor fhág an coirpeach ar láthair a choire í. Ní dheachaigh uirlis an bháis ach uair amháin trí chroí Kaltepon, agus bhí an gnó déanta. Agus de réir dealraimh d'oscail sé an doras mór i nganfhios don lánúin istigh, le hileochair de chineál neamhghnách, nó b'ar éigean a bhí aithne na buirgléireachta ar an nglas, má bhí ar aon nós. Bhí a cheird go maith ag an té a rinne, muis. Fear láidir oilte agus é in ann scian mhór throm a láimhseáil go paiteanta. Cosúil le fear a raibh oiliúint na dtrúpaí speisialta aige ó Iosrael mar shampla. Ar ndóigh ní raibh sé riachtanach gur fear a bhí ann, ó chaithfeadh an dá ghnéas ceird an chogaidh a fhoghlaim sa Tír Naofa. Pé scéal é, bhí an fhéidearthacht ann go raibh gaolta ag duine acu siúd sa Chácóin, cé nach raibh pobal Giúdach na tíre seo rómhór. Bhí sé incheaptha ar a laghad go ndeachaigh duine den chineál sin ag baint sásamh an mhasla cine as Kaltepon.

"Na Muslamaigh." Ar ndóigh, ba é sin an rud ba lú iontas. Bhí sé faiseanta i measc na heite deise antoiscí faoi láthair Muslamaigh a ionsaí. Ní mar sin a bhí ó thús, áfach. Ag léamh na mblagmhíreanna ba sine dó, tháinig Makar Turkan ar na focail seo: "Ní chuireann sé isteach ná amach orm go bhfuil duine éigin ag tabhairt Allah ar Dhia, go mbíonn sé ag umhlú d'Allah ar uaireanta tráthrialta, agus nach n-itheann sé muiceoil. Is é an rud is tábhachtaí nach gcaitear mo chuid cánach leis na rudaí sin a chur ar a chumas." A chuid cánach muise! An ndearna sé bang oibre riamh? Ar íoc sé pingin leis an státchiste riamh, dála an scéil? Bhí sé i dtuilleamaí scoláireachtaí taighde le haghaidh maireachtála, scoláireachtaí a bhí saor ó cháin!

Níorbh é sin an port a bhí á chanadh ag mo dhuine ar na saolta deireanacha seo áfach. Shílfeá go dtosódh sé ar an téad sin go díreach i ndiaidh thitim an dá thúr i Nua-Eabhrac, ach le fírinne níor thosaigh—bhí an gníomh sceimhlitheoireachta sin imithe le sé bliana anuas nuair a dhírigh Kaltepon ar na Muslamaigh i ndáiríre. Bliain nó dhó ó shin d'ionsaigh fear meánaosta cailín seacht mbliana de shliocht na Sómáile ar stáisiún traenach Mholopea toisc go raibh sí ag caitheamh seál Muslamach. Ar dtús, rinne Kaltepon a bheag den ionsaí seo, agus é ag áitiú nach raibh ann ach eachtrannaigh bhradacha ag spalpadh bréag faoi Chácónaigh. Nuair a chuaigh an dlí ar an bhfear a rinne an t-ionsaí, is é an rud a dúirt Kaltepon ansin ná gurbh é nós an chine ghil gan chailíní óga a ionsaí, ó ba é an cine uasal é. Anois, áfach, bhí cogadh na gciníocha á chur, a d'fhógair sé. Mar sin, níorbh acmhainn do na Geala rialacha na cogaíochta sibhialta a leanúint—ní thabharfadh na Gormaigh aird ar bith orthu cibé, ós Gormaigh a bhí iontu. Scríobh sé cúpla líne faoi na Gormaigh a bhí ag éigniú cailíní beaga ar fud an Domhain Ghil, dar leis, agus d'áitigh sé nár cheadaigh lucht na cirte polaitiúla a dhath a rá faoina leithéid go poiblí, ó theastaigh uathu an tsibhialtacht gheal a chur de dhroim an domhain. Mar fhocal scoir, scríobh máistir seo na mínáire nach ciníochaí ná bolscaire ciníochais a bhí ann féin agus nach raibh ach cnámha loma na fírinne á nochtadh aige.

Ba chuimhin le Makar Turkan an eachtra sin. Íorónta go leor, an fear a rinne an t-ionsaí ba Rúiseach eisean, fear a raibh roinnt bhlianta caite sa tír aige, agus é féin ag iarraidh a áit a aimsiú i sochaí na Cácóine díreach cosúil leis na Muslamaigh agus na Gormaigh. B'fhuar an fháilte a bhíodh roimh na Rúisigh riamh sa Chácóin, ach ón taobh eile de d'fhéach trúpaí an Aontais

9

Shóivéadaigh leis an tír a fhorghabháil le linn an Dara Cogadh Domhanda, agus níor chneasaigh goimh na laethanta sin i gcroí na gCácónach riamh.

Vladimir Vasilyevich Platonov a bhí ar an Rúiseach sin, ainm coitianta go leor i dtír dhúchais mo dhuine, agus é ag scríobh ar Fhóram na Cúise go minic, ó bhí salacharaíl mhaith Cácóinise aige. Nuair a bhí an chaingean dlí sna nuachtáin, b'iomaí tráchtaire a bhí den bharúil go raibh cuid den mhilleán ar Kaltepon, ó thaobh na moráltachta de, ar a laghad, nó bhí Platonov go hiomlán faoi dhraíocht an bholscaire mhóir, de réir na rudaí a scríobhadh sé féin ar an Idirlíon.

Pé scéal é chaithfeadh sé an leid sin a fhiosrú chomh maith. Má bhí na Muslamaigh leath chomh cruálach, chomh brúidiúil, agus chomh bródúil as a mbrúidiúlacht is a deireadh Kaltepon, bhí sé in am ag duine acu le fada an lá clú an chine a chosaint, a smaoinigh Turkan, agus tháinig leathmheangadh draothgháire air. Ansin, d'imigh an gáire sin nuair ba chuimhin leis athair an chailín, mar a chonaic sé ar an teilifís é. Bhí an fear bocht buartha faoina iníon, buartha faoin dóigh ar ionsaíodh í, buartha faoin saol a bheadh acu sa tír seo feasta, agus lucht ciníochais ag rith damhsa sna sráideanna. Ba chuma leis faoin gciontóir, le fírinne: níor luaigh sé é ar aon nós sa tseanmóir fhada a thug sé uaidh i gCácóinis bhriste, seanmóir a d'fháiscfeadh deoir as cloch. Is é a raibh ar a intinn ná slándáil agus sábháilteacht a iníne agus a theaghlaigh go léir.

Bheadh drogall ar Thurkan ceastóireacht a chur ar an bhfear sin. Ach mar sin féin, ní fhéadfadh sé a mhalairt a dhéanamh, chaithfeadh sé a dhualgas a chomhlíonadh. Thairis sin, ba dócha go raibh mic ag

athair an chailín freisin, fir óga fhíochmhara a raibh
fonn díoltais ar coipeadh ina gcroí, agus iad suite
siúráilte, deimhin dianbharúlach gurbh é Kaltepon a
thug spreagadh don Rúiseach.

Ansin, cúpla blagmhír i ndiaidh na Muslamach, ba
iad na Gearmánaigh a bhí faoi ionsaí ag mo dhuine.
Bhí an Ghearmáinis ó dhúchas ag duine as an dáréag
sa Chácóin, agus ba iad siúd an t-aon mhionlach
Gearmánach taobh thoir den Ghearmáin san Eoraip
nár díbríodh go dtí an mháthairthír i ndiaidh an Dara
Cogadh Domhanda. Ní raibh gá leis an ionnarbadh sin,
ó dhiúltaigh siad don ról a cheap Hitler dóibh. Le
fírinne ba iad lucht labhartha na Cácóinise ba mhó a
ghlac bá leis an Naitsíochas sa tír seo i dtréimhse an
chogaidh. Ó bhí clú an iltíreachais, an liobrálachais agus
na caoinfhulaingthe ar *Die deutschen Kaukonier*, mar a
thugaidís orthu féin, ní fhéadfadh Kaltepon gan iad a
ionsaí, agus le fírinne i bhfad roimh ionsaí na sceimh-
litheoirí ar an Dá Thúr ba iad na *Kaukonier* céanna ba
mhó a bhí ag cur feirge ar mo dhuine. Fan go fóill, cad
é seo? Deich mbliana ó shin, nó roimhe sin féin fós, bhí
Hans-Erich Ahnenstamm ina Aire Gnóthaí Inmheán-
acha, agus é ina chathaoirleach ar pháirtí na nGear-
mánach, *Die Kaukonisch-deutsche Volkspartei*, san am
chéanna. Chuir Ahnenstamm cúngshrianta leis an
inimirce san am sin, agus cháin Kaltepon é toisc é a
bheith ag séanadh traidisiún liobrálach a chine. Ar
ndóigh, chuir sé Ahnenstamm i gcomparáid le Hitler
sa bhlagmhír chéanna, cad eile?

Bhuel, seo duit Kaltepon mar ab fhearr ab aithin
dúinn é—níorbh í an loighic an scil ba mhó a theastaigh
uait agus tú ag déanamh taighde ar an tSog... an tSog...

an tSogdais sin de réir dhealraimh. Ach pé scéal é chaithfeadh na póilíní spléachadh a thabhairt ar pháirtí na *Kaukonier* agus ar a gcuid eagraíochtaí cultúrtha. "Pir-Urban Hochstraaten." Intleachtóir poiblí leath-Ghearmánach a bhí in Hochstraaten agus é á shíor-ionsaí ag Kaltepon le tamall fada anuas. Bhí sé ag scríobh blag d'iris Idirlín ina gcuireadh sé i leith Kaltepon agus lucht a leanúna go raibh siad ag bagairt ar an daonlathas agus ag ionsaí is ag imeaglú daoine ar an nGréasán. B'ionann sin is a rá go raibh an Pápa ina Chaitliceach, ach ó ba ghnách le lucht leanúna Kaltepon, bhuel, aon duine a ionsaí is a imeaglú ar an nGréasán a déarfadh a leithéid os ard, chuaigh mo dhuine ar lorg trioblóide leis an ráiteas sin. Thairis sin, bhí téamaí teangeolaíocha á bplé ag Hochstraaten ó am go ham, nó bhí céim aige féin sna teangacha nua-aimseartha, agus é eolach go maith ar an litríocht i leathdhosaen de thíortha ar fud na hEorpa. Bhí sé, fiú, i ndiaidh teanga leathmharbh na hÉireann, an Ghaeilge, a fhoghlaim, agus é ag dul le scríbhneoireacht sa teanga sin féin. An raibh éad proifisiúnta de chineál éigin idir an mbeirt fhear?

Ach an raibh oiliúint mhíleata air? De réir na rudaí a scríobhadh sé ar a bhlag, ní raibh. Bhí an coinscríobh i bhfeidhm sa Chácóin i gcónaí, ach san am chéanna bhí a leithéid de rogha ann agus seirbhís náisiúnta neamharmtha don fhear óg nár mhaith leis breith ar arm tine. Sin é an cineál seirbhíse a bhí déanta ag Hochstraaten, agus é ag trácht go minic ar an gclaon-dearcadh a bhí ag Tadhg an mhargaidh ar lucht na seirbhíse neamharmtha, ar na deacrachtaí a bhíodh acu jab a fháil. Ach an raibh caidreamh éigin aige le

sceimhlitheoirí nó le hiarsceimhlitheoirí in Éirinn? Bhí
sé incheaptha ar a laghad. Nárbh iad na sceimhlitheoirí
ba mhó a labhraíodh Gaeilge?

Dála an scéil, ní raibh an tseirbhís armtha déanta ag
Berto Kaltepon, ach an oiread. Ba dóigh le Makar
Turkan go bhfuair an tArm amach faoin gcaidreamh a
bhí ag Kaltepon le hantoiscigh na heite deise, agus
ansin, gur moladh dó go neamhoifigiúil an tseirbhís
neamharmtha a roghnú.

I ndiaidh an bhreis is dhá chéad leathanach a léamh
dó, bhí Makar Turkan cinnte faoi aon rud amháin:
theastaigh uaidh pionta, nó cúpla pionta fiú, a
chaitheamh siar sa teach tábhairne in aice le geata na
hOllscoile Gearmánaí, cé nach raibh sé ina chraosaire
óil riamh. "Cogar," ar seisean le Renikan, "ar mhaith
leat blaiseadh den *Alt-Mollenhaupter* sa Seanmhuileann
i ndiaidh na hoibre?"

"Ba mhaith agus ba rímhaith," a d'fhreagair Renikan,
"ach ní féidir liom. Caithfidh mé bualadh isteach ag
Kalvake anocht. Beidh an dúnmharú seo faoi chaibidil
againn."

Ba é Remund Kalvake a bhí i gceannas ar Rannóg na
Póilíneachta sa Roinn Gnóthaí Inmheánacha. D'fhéad-
fá a rá gurbh eisean an póilín ab airde céim sa Chácóin.

"Ceart go leor," arsa Turkan. "Beidh mé féin ag déan-
amh mo mharana ar an dúnmharú chomh maith.
Fliuchfaidh mé m'inchinn le go bhfaighidh na cealla
beaga liatha a gcuid breosla."

"Bhuel, is dócha nár rith an cleas sin riamh le Hercule
Poirot," a d'fhreagair Renikan. "Agus má rith féin,
b'fhearr leisean an fíon."

Tine sa Chácóin

Agus ansin, thug Turkan aghaidh ar an Sean-
mhuileann—nó *Zur Alten Mühle*, mar a bhí le léamh
os cionn dhoras mór an tábhairne. Ceann de na
seantábhairní Gearmánacha a bhí ann, ar ndóigh.
Bhíodh mic léinn na hOllscoile Gearmánaí ag teacht
anseo ina sluaite i ndiaidh léachtaí an lae, agus a
dteanga le cloisteáil ar fud na háite. D'fhéadfá
nuachtáin Ghearmáinise na tíre a léamh anseo freisin.
"*Mass* amháin den Alt-Mollenhaupter, le do thoil,"
arsa Turkan le fear an chuntair. Ní iarrfá "pionta" in
áit mar seo, ba é an *Mass*, an "tomhas," an focal ceart.
"Níl braon den Alt-Mollenhaupter fágtha san áit, a
dhuine uasail," a d'fhreagair fear an chuntair. "Agus ní
thiocfaidh tuilleadh den stuif ach amárach."
"Ceart go leor," arsa Turkan, agus é cineál buartha.
Tuar tubaiste a bhí ann, dar leis. Bhí sé ag ól a chuid
beorach sa tábhairne seo le cúig bliana anuas, agus ba
é seo an chéad uair riamh nach raibh Alt-Mollen-
haupter ar fáil. "Bhuel, cad é atá agat?"
"Tá beoir Éireannach ann," arsa an tábhairneoir.
"Is dócha nach bhfuil an dara rogha agam. *Harp*, le
do thoil."
Fuair Turkan pionta de leann geal na hÉireann agus
shuigh sé síos le *Mollenhaupter Nachrichten*, nuachtán
Gearmáinise na príomhchathrach, a léamh. Ní raibh
beoir na naomh is na n-ollamh go ródhona, ach mar
sin féin, d'airigh sé uaidh déantús na cathrach.
Ar ndóigh ba é bás Kaltepon mórscéala an lae sna
nuachtáin Ghearmáinise freisin. *Fremdenhasser-Führer
mit Bajonett erstochen! Polizei verweigert Kommentar!*
Dar muige, cé a d'inis do bhultúir chíocracha na
bpáipéar gur le baignéad a sádh é, más amhlaidh a

14

dhiúltaigh na póilíní a dhath a rá leo? Bhí duine de na colúnaithe ar an nuachtán tar éis peann a chur ar pár cheana féin le hiarmhairt an dúnmharaithe a phlé. *Wir deutschen Kaukonier sollen uns nicht freuen, dass unser Erbfeind jetzt weg ist, denn die antideutsche, rassistische Bewegung, die sich unter seinen Fittichen zusammengerottet hat, besitzt schon eine Eigendynamik...* "Ní cóir dúinn, Gearmánaigh na Cácóine, gairdeas a dhéanamh go bhfuil ár mbíobha bunaidh ar shlí na fírinne anois. An ghluaiseacht chiníoch fhrith-Ghearmánach a tháinig le chéile faoina choimircesean, tá sí ag dul chun cinn de réir a dinimice féin cheana..." Muise, níor chóir d'aon duine bheith róríméadach as an dóigh ar imigh an bastart. Bheadh sé ina mhairtíreach ag lucht a leanúna feasta, agus cuid acu siúd bhí taifead coiriúil acu a chuirfeadh samhnas ort. Agus bheidís ag iarraidh díoltas a imirt ar naimhde Kaltepon. Ní raibh clú na sceimhlitheoireachta ar an gCácóin, ach ó bhí "an ghluaiseacht ag forbairt de réir a dinimice féin," d'fhéadfá bheith ag súil le do rogha (nó do dhíogha) rud titim amach anois.

Cathain a thosaigh an Chácóin ag druidim chun donais mar seo? Ní raibh a fhios ag Makar Turkan é, ach oiread le haon duine eile sa tír. Deich mbliana ó shin, ní rithfeadh le haon duine leathbhreac Kaltepon a ghlacadh i ndáiríre. Ní shamhlódh aon duine Faisisteachas ná dúnmharuithe polaitiúla leis an tír bheag shíochánta seo. Ach anois, faraor, d'imigh sin agus tháinig seo.

Go tobann, chualathas piostal nó gunnán ag pléascadh, agus ansin bhí an t-aer lán bloghanna gloine. D'ardaigh Turkan leathlámh ina ainneoin féin lena shúile a chosaint, agus san am chéanna chuaigh an lámh eile faoina chóta ar lorg a phiostail féin. Bhí sé ina sheasamh ar an toirt agus é ag iarraidh radharc a fháil ar an duine a scaoil an chéad urchar. "Póilín mise!" a ghlaoigh sé in ard a chinn. "Tusa a lámhach, fág uait d'arm tine agus coinnigh do lámha le feiceáil! Agus ansin tar anall chugam go ciúin cúramach!"

"Bí i do thost, a Ghearmánaigh!" a d'fhreagair glór anaithnid. Fear meánaosta a bhí ann, dar le Turkan. Ba é guth an lámhachóra é, de réir dhealraimh. "Sibhse, na Gearmánaigh, a mharaigh Berto!"

Thosaigh an lámhachóir ag loscadh isteach an fhuinneog, agus bhain scréacharnach scanraithe na gcustaiméirí macalla as na fraitheacha. Chonaic Makar teimheal éigin den lámhachóir agus scaoil sé a phiostal féin mar a bheadh róbat ann. Agus d'éirigh leis.

Lig an lámhachóir béicíl nó liú leathdhaonna as a rachadh sa smior ionat agus thit sé ina ghillire isteach an fhuinneog bhriste. Fear mór a bhí ann, leath-mhurtallach leathmhuscalach, agus é fuilteach go maith i ndiaidh an urchair a scaoil Turkan. Bhí a dhorn dúnta go tritheamhach timpeall ar a phiostal féin, agus strainc na péine ar a éadan.

Chaith Turkan mearshúil ar fud an tábhairne, agus é ag iarraidh a fháil amach, ar bhuail urchar an sceimh-litheora aon duine istigh ansin. Fuair sé radharc ar bhean óg a raibh a ceannaithe dubh le fuil, agus bain-eadh scanradh as. Ansin d'aithin sé nárbh í a cuid fola féin a bhí ann. Bhí an ghirseach ag tabhairt fortachta d'fhear mheánaosta, agus é ina luí spréite ar urlár an tábhairne. Bhí trealamh garchabhrach ag an gcailín, agus í ag labhairt os íseal ar a guthán póca. Ba léir go raibh fios a gnó aici, agus í ag obair go cúramach. Théigh croí an bhleachtaire léi ar an toirt. Sin é an cineál duine ba ghéire a theastaigh uaidh anseo muise. Go gairid ina dhiaidh sin tháinig an t-otharcharr agus na póilíní. Bhí cúpla focal ag an gcailín le foireann an otharchairr, agus ansin tugadh an t-íobartach agus an lámhachóir araon go dtí an t-ospidéal. Chuir Turkan é féin in iúl do na póilíní eile, agus ó bhí a chuid aidréanailíne ag trá cheana féin, bhí sé sách suaimhneach le focal comhrá a dhéanamh leo.

"An fear a gortaíodh," arsa constábla amháin le Turkan, "is é Gerhard Zeitzler é. Fear gnó atá ann, úinéir cúpla siopa agus comhalta sóisearach de Chumann Gearmánach an Lucht Tráchtála—*Deutsche Handelskammer*, tá a fhios agat. Fear gusmhar gustalach é, ach is ar éigean is féidir a rá gur rachmasóir mór atá ann. Meas tú, an raibh an sceimhlitheoir ag iarraidh é a aimsiú d'aon ghnó?"

"Ní dóigh liom é, cé nach féidir liom a dhath a rá go cinnte," a d'fhreagair Turkan. "Mar a chonacthas dom féin é, ní raibh sé ach ag loscadh leis gan amas gan aidhm, le súil is go maródh sé Gearmánach éigin."

"Agus mharódh," arsa an constábla, "murach an cailín úd thall." Bhí an ógbhean bheag díreach ag glanadh na fola dá ceannaithe le tuáille fliuch a fuair sí ó fhear an tí.

Chuaigh Makar Turkan anonn chuig an gcailín agus labhair sé léi. "Is mise an Bleachtaire Makar Turkan," ar seisean, "cad is ainm duitse le do thoil?"

"Nach n-aithníonn tú mé, a Mhakar? Is mise Traud—Waltraud Stellmacher!" Agus cinnte d'aithin Makar anois í. Chastaí ar a chéile iad ó am go ham le conablach bliana anuas, nó ba chuid de ghnó an phóilín dul i dteagmháil le dochtúirí is le banaltraí. Agus ní ligfeá a leithéid de chailín i ndearmad. Déanta na fírinne bhí cineál nóisean ag Makar don bhanaltra seo, chomh lách is a bhíodh sí leis riamh. Bhí sé barúlach, áfach, nach mbeadh seans ar bith aige le bean chomh hóg sin, ós ag druidim leis an dá scór bliain d'aois a bhí sé féin. Mar sin féin bhí áthas air í a fheiceáil os a chomhair.

Anois, chaithfeadh sé Traud a cheistiú go proifisiúnta, rud a chuir sé in iúl di.

"Ceart go leor", ar sise. Bhí siad ag labhairt i dteanga dhúchais na girsí, is é sin, as Gearmáinis, nó bhí an teanga sin go paiteanta ag Makar. Níor fhoghlaim sé ach breacaireacht bhacach ar scoil, ach nuair a chuir sé aithne ar lucht labhartha na teanga go nádúrtha, tháinig an chuid eile chuige go sciobtha. An Ghearmáinis a bhí aige inniu, bhí blas na sráide agus an tábhairne uirthi, rud a cheadaigh dó freagraí a mhealladh óna chéile comhrá beagnach ina ainneoin.

Ar an drochuair, ní raibh mórán le rá ag Waltraud thar a raibh cloiste ag Turkan cheana féin.

"Cathain a tháinig tú anseo?"

"Timpeall ar leathuair tar éis a ceathair, a déarfainn. Tá mé ag obair in Ospidéal Cuimhneacháin Iognáid Semmelweis mar is eol duit, agus tháinig deireadh le mo sheal oibre ag a ceathair a chlog inniu, go heisceachtúil. Ansin chinn mé ar bhualadh isteach anseo, rud nach minic dom a dhéanamh."

(Ní minic, muise,—a shíl Turkan,—nó ní cuimhin liom go bhfaca mé anseo thú riamh roimhe seo, faraoir géar.)

"An raibh aon duine eile i do chuideachta?"

"Bhí mo chara, Margret Voigt-Perkan," ar sise. "Bhí sí anseo romham, agus ní raibh súil agam léi ar aon nós. Ach ansin bhí dreas deas comhrá againn go dtí gur thosaigh an phléascarnach lámhaigh. Tá sí thall ansin."

Bhí cailín ard dubh ag caint le fear de na constáblaí in aice le doras an leithris. Cinnte, ba í sin Margret. Bhí sí feicthe ag Turkan roimhe seo ach ní fhéadfadh sé an t-ainm a cheangal de na ceannaithe.

"Ar aithin tú a dhath as an ngnáth faoin áit seo nuair a tháinig tú anseo? Daoine aisteacha ag smúrthacht timpeall an tábhairne, cuir i gcás."

"Diabhal an drae rud, diabhal an drae duine," a d'fhreagair an cailín, agus í ag croitheadh a cloiginn go hinstinneach. "Na mic léinn ag tonnadh isteach mar is gnách, an cúpla ollamh agus an cúpla duine eile, cosúil leis an bhfear ar thug mé garchabhair dó."

"An raibh aithne agat ar an bhfear sin?"

"Ní raibh muis," arsa Waltraud. "Bhí sé ag labhairt leis na daoine go múinte béasach, ach san am chéanna ní raibh mórán aird aige orthu. Bhí sé ag smaoineamh ar a chuid gnóthaí féin, is dóigh liom. Fear gnó é mar a chuala mé."

"An bhfuair tú féin nó duine de lucht d'aitheantais aon bhagairt ó na náisiúnaithe Cácónacha le déanaí?"

"Bhuel, a chuid, le fírinne caithfidh mé a rá leat nach bhfuil oiread is aon Ghearmánach amháin ag satailt sráideanna na cathrach seo nach bhfuair bagairt éigin uathu siúd ar na saolta deireanacha."

Agus ní raibh mórán eile le rá aici: nuair a chonaic sí an dóigh a raibh an fear ag cur fola chuaigh sí chun

Tine sa Chácóin

tarrthála dó ina hainneoin féin, de réir a hoiliúna, agus chaith Margret trealamh garchabhrach chuici.

"An miste leat teacht ar cuairt chugainn lá de na laethanta seo le go bhféadfaimis mionnscríbhinn—ráiteas ceart oifigiúil—a bhreacadh síos uait?"

"Ní miste ar aon nós," arsa Waltraud.

"Go raibh míle maith agat, a Traud. Caithfidh mé a rá leat go bhfuil mé buíoch beannachtach duit i dtaobh a ndearna tú. Shábháil tú an fear sin, beag beann ar an dainséar a bhí ann. Bhí greim an fhir bháite ag an mbithiúnach ar a arm tine, agus ní fhéadfainn gan fanacht ina aice ag coinneáil diansúile air, ar eagla go dtiocfadh sé chuige aris. Ba mhór an faoiseamh dom gur chabhraigh tú leis an bhfear bhocht in am."

D'fhéach Traud lena bheag a dhéanamh den mholadh, ach le geamhsholas an tábhairne féin d'aithin Turkan an luisne a tháinig inti. "Ó, ná bac leis, a stór" ar sise, agus tocht ina glór, "is í an obair chéanna a bhíos idir lámhaibh agam go laethúil."

"An obair is fearr dá bhfuil ann," arsa Turkan, agus ansin d'fhág sé slán ag Traud. A leithéid de ghirseach dheas, a shíl sé. Agus nuair a chaith sé an tsúil dheireanach ina treo, d'fhéach sí ar ais air, agus meangadh cineálta gáire uirthi.

2

An Rúiseach Bréige

Nuair a tháinig Makar Turkan ar ais go dtí an oifig lá arna mhárach, ba é an chéad rud a dúirt Art-Zakar Renikan leis ná:

"Bhuel, seo chugainn laoch ár linne. Ba mhór an dráma a bhí ann aréir, agus tú féin ag déanamh na príomhpháirte. An bhfuair tú do chuid *Alt-Mollen-haupter* ar a laghad?"

"Ní bhfuair, faraor géar. B'éigean dom súlach na nÉireannach a ól, agus níor chríochnaigh mé an pionta sin féin riamh."

"Muise ní bhfuair tú leann geal na háite, ach cén fáth? Conas sin?"

"An drae fios agam."

"Bleachtaire thú. Is é do jab féin dul ar lorg fátha agus faisnéise. Ach seo duit an scéal: rinneadh sabaitéireacht ar chóras scaipeacháin na grúdarlainne. Ní bhfuair aon tábhairne oiread is braon den *Alt-Mollenhaupter*, ó bhí na leoraithe go léir ar ainghléas."

"Ar fhág na sabaitéirí aon teachtaireacht ina ndiaidh, lena gcuid éileamh a mhíniú mar shampla?"

"D'fhág muis. Ní cuimhin liom na focail chruinne anois, ach is éard a dúirt siad a bheag nó a mhór gur

21

deoch Gearmánach í an bheoir, agus go gcaithfidh an fíor-Chácónach biotáille bhorb a ól, mar a dhéanadh na sinsir."

Phléasc a gháire ar Mhakar Turkan ar dtús, ach ansin, tháinig deireadh giorraisc leis an racht sin nuair a d'aithin sé an místá a bhí ar an bhfear eile.

"Ná bí ag scotbhach leat mar sin, le do thoil," arsa Renikan. "Déan do mharana air go raibh tú féin i nguais do bháis mar gheall ar an ngráin atá ag na daoine seo ar an leann geal agus orthu siúd ar díobh lucht a dhéantúis."

Tháinig náire ar Mhakar, nó ba chuimhin leis focail Waltraud ón teach tábhairne: ar na saolta seo chaithfeadh gach Gearmánach Cácónach bagairtí agus maslaí a chloisteáil. Níorbh é a chás féin ba mhó a bhí ag déanamh scime don Bhleachtaire, ba í an ghirseach ba túisce a rith leis.

"Ó muise, tá an ceart agat," a dúirt Makar Turkan sa deireadh. "Ach cogar anois, cad é a dhéanfas muid fá dtaobh de dhúnmharú an bhastairt sin Kaltepon?"

"Caithfidh muid an t-ionsaí ar an tábhairne a fhiosrú, agus an dlúthbhaint atá aige leis an dúnmharú sin, de réir dhealraimh. Ach ar ndóigh, ní mór dúinn ceastóireacht a chur ar aon duine atá faoi amhras. An féidir leat ainmneacha a lua?"

Bhí roinnt ainmneacha ag Makar Turkan, agus mar sin, chaithfeadh sé na daoine sin a cheistiú. Ós ar a chrannsan a thit an obair sin, ní bhfuair sé áiméar ráiteas a bhreacadh síos ó Traud, nó ba í an Ban-Chonstábla Veronika Haas-Karkan, a raibh Gearmáinis ó dhúchas aici, a rinne an obair sin. Mar sin féin casadh an cailín ar Mhakar agus í díreach ag teacht

suas an staighre leis an seomra ceistiúcháin a bhaint
amach, agus cé nach raibh d'uain ag an mbeirt acu
oiread is focal a rá le chéile, bhobáil sí súil ar an
mBleachtaire agus an tseanaoibh gháire uirthi leis, rud
a thug an-ardú meanman dósan.

Chrom Turkan ar Pir-Urban Hochstraaten a agall-
amh ansin. Fear mór murtallach a bhí in Hochstraaten,
agus má theastaigh uait a fháil amach cé leis a raibh a
luiteamas sa tsochaí seo, bhí sin le léamh i nglan-
Ghearmáinis ar an T-léine a bhí sé a chaitheamh:
KAUKONIER UND DEUTSCH. Mar sin féin, bhí a
chuid Cácóinise chomh líofa is gur dhóigh leis an
mBleachtaire go raibh sé ag déanamh an iomarca dá
leathdhúchas Gearmánach—ba léir gur ó dhuine dá
thuismitheoirí a fuair sé teanga an tromlaigh. Agus le
fírinne bhí sé breá sásta Cácóinis a labhairt le Makar
Turkan.

Bhí Hochstraaten i ndeireadh a fhoighne, ó bhí sé á
ionsaí ag lucht leanúna Kaltepon ar an Idirlíon le cúig
bliana anuas, mar a dúirt sé féin. I dtús báire bhí sé ag
caitheamh anuas ar Turkan agus ag déanamh a
ghearáin faoi na póilíní ar fad agus iad ag géarleanúint
daoine cneasta síochánta in áit a bheith ag breith ar
fhíorchiontóirí. An gnáthscéal a chloisfeá ó aon duine
sa drocháit chéanna, mar sin, pé acu ciontach nó
éigiontach a bhí sé. Lig Makar Turkan osna agus
labhair sé:

"Bíodh trí splaideog chéille agat, a dhuine chóir. Ní
chreidim féin go ndearna tú a dhath as cosán, ach ó
thugadh Kaltepon íde bhéil duit ina chuid blag-
scríbhinní ó am go ham, ní mór duitse a admháil go
mbeadh cúis agus tucaid mhaith agat eisean a mharú.

Tine sa Chácóin

Inis do scéal féin go bhféadfaidh muid dearmad a dhéanamh díotsa agus díriú ar an bhfíorchiontóir."

Le fírinne chomh neirbhíseach is a bhí Hochstraaten ní raibh sé as an áireamh gurbh eisean an murdaróir. Ach ón taobh eile de, agus an dóigh a raibh sé ag ábhaillí leis na gréithe ar bhord an tseomra ceastóireachta, ba léir do Turkan go raibh an neirbhís sin i ndúchas mo dhuine, agus mar sin, ní bheadh sé ábalta dúnmharú a dhéanamh as fuil fhuar. Shleamhnódh an t-arm as a lámha sula mbeadh an gnó déanta aige.

"An raibh aithne phearsanta agat ar Kaltepon?"

"Ní raibh muise," arsa an fear go feargach. "Ní fhaca mé ina steillebheatha riamh é, moladh mór le Dia. Bhíodh sé ag scríobh i mbosca tráchtaireachta mo sheanbhlag uaireanta. Bhí suim aisteach aige ina raibh le rá agam. B'fhéidir gur cheap sé gur chóir dom bheith ar aon bharúil leisean i gcúrsaí polaitíochta, toisc go raibh mé i mo theangeolaí cosúil leis féin. Nuair a fuair sé amach nach raibh meas an mhadra agam air, thosaigh sé ag caitheamh anuas orm ina bhlag féin."

"Muise bhí an bheirt agaibh in bhur dteangeolaithe. An raibh ábhar den chineál chéanna faoi chaibidil agaibh in bhur gcuid taighde?"

"Ní raibh ná geall leis. Le cnámha lofa na marbh is mó a bhí a luísean, is é sin, teangacha seanársa lár na hÁise. Sna teangacha beo is mó atá mo shuim féin."

"Bhuel nach teanga mharbh í an Ghaeilge?"

"Ní hea in aon chor. Teanga í a labhraítear go nádúrtha i gcónaí."

Anois, chuir Turkan an cheist mhór féin ar Hochstraaten:

"Nach iad lucht an IRA is mó a shaothraíos í?"

24

"Sin mar a shíltear go minic, ach ní fíor é," arsa Hoch-
straaten. "Eagraíochtaí eile ar fad a bhíos ag plé le hath-
bheochan na Gaeilge. Ar ndóigh tá baint stairiúil ag
cúis na Gaeilge le cúis an IRA, ach sin an méid is féidir
a rá..."

Sula raibh d'uain ag Makar Turkan é a chosc,
thosaigh Hochstraaten ag léachtóireacht go fada
fairsing faoin mbaint stairiúil sin. Rinne sé dearmad ar
fad den áit a raibh sé, agus é ag spalpadh leis mar is
dual don tsaineolaí dhíograiseach. D'éirigh le Makar
Turkan an léacht a stopadh, áfach, nuair a bhí Hoch-
straaten i ndiaidh imeachtaí shaol Sheáin Sabhat a
ríomh is a reic, agus é go díreach ag tarraingt shaothar
Mháirtín Uí Chadhain chuige. Bhí sé sásta a bhéal a
éisteacht, ach ba léir ar a ghnúis go raibh masla glactha
aige.

Roimhe seo, bhí sórt teoirice ag Turkan gurbh fhéidir
go raibh aithne ag Hochstraaten ar sceimhlitheoirí de
chuid an IRA agus gurbh iad siúd a mharaigh Kaltepon
le cuidiú lena gcara. Bhuel ní raibh ann ar ndóigh ach
tuairimíocht, ach san am chéanna bhí sé barúlach gur
chóir an fhéidearthacht seo a fhiosrú ar a laghad.
Anois, áfach, ghlac sé leis nach raibh bun ná barr ar an
smaoineamh sin. Ní raibh i Hochstraaten ach scoláire
gan urchóid arbh fhearr leis i bhfad cuideachta a chuid
leabhar ná callán polaitiúil ar bith, agus bhí fuath na
ndaol aige ar aon duine nach raibh sásta saol suaimh-
neach den chineál ba rogha leis a fhágáil aige. Ní raibh
an chuma ar an scéal ach an oiread go raibh éad
scolártha ann.

Maidir leis an sceimhlitheoir a d'ionsaigh an Sean-
mhuileann, áfach, ba eisean an mhistéir ba mhó.

Tine sa Chácóin

"Caith súil ar an bhfear a ghoin tú," arsa Art-Zakar Renikan, agus é ag tabhairt grianghraif den fhear do Mhakar Turkan. Bhí an t-ionsaitheoir ina luí i dtámhnéal in Ospidéal Cuimhneacháin Iognáid Semmelweis, agus ba é tuairim na ndochtúirí go bhfaigheadh sé biseach i ndeireadh na dála, ach b'fhearr leo gan é a mhúscailt go ceann tamaill. Rinne Makar scrúdú ar an ngrianghraf, agus ansin tuigeadh dó:

"Dar muige, nach é seo Platonov, an Rúiseach a d'ionsaigh an cailín beag Sómáileach?"

"Is é," arsa Renikan. "Tá a fhios agat nár gearradh ach leathbhliain príosúnachta dó as an ionsaí sin, agus mar sin, fuair sé cead a chos arís tamall ó shin. Ach anois, ar chuala tú crampa Rúiseach ar bith ar a ghlór nuair a bhí sé ag bagairt míle murdar ar na Gearmánaigh sa Seanmhuileann?"

"Níor chuala muis. Ach arbh é a ghlór i ndáiríre é?"

"Ba é. Ní raibh aon duine eile ina chuideachta. Tá finnéithe súl againn a bhí taobh amuigh den tSeanmhuileann le linn an ionsaí."

"Mar sin, is dócha gur fhoghlaim Platonov ár dteanga go paiteanta ar fad i bPeannadlann Kolakon, cé nach raibh sí aige ach go lagmheasartha roimhe sin. Nó b'fhéidir nach bhfuil an Rúiseach seo ina Rúiseach ar aon nós, agus nach raibh riamh—agus nach raibh ina chuid droch-Chácóinise ach cur i gcéill."

"Is í an dara rogha acu is dóchúla liomsa," arsa Renikan.

Ag filleadh abhaile dó bhí Makar chomh sáite ina chuid smaointe agus nár chuir sé sonrú ar bith sna daoine ina thimpeall. Nuair a bhain sé amach Pálás na Scannán, an phictiúrlann mhór ar Shráid Karol

An Rúiseach Bréige

Manaren, chuala sé guth mná óige ag bualadh bleide air ina ainm féin. Ar ndóigh, mhúscail sé as a mharana agus d'ardaigh sé a shúile i dtreo an ghutha.

Ba í Traud a bhí ann, agus í ina haonar. Tháinig gliondar ar chroí an bhleachtaire nuair a d'aithin sé an cailín. Bhí sí ag caitheamh gúna deas daite den chineál a d'fheil do theaspach an tráthnóna, agus má d'fhág an chulaith seo a lán dá craiceann le feiceáil, b'amhlaidh ab fhearr a thaitin a cuideachta le Makar Turkan.

"Nach tusa a bhí i mbun do mhachnaimh," ar sise.

"Bhuel," arsa Makar, "is iad na cúrsaí oibre a choinníos mar sin mé."

"Na dúnmharfóirí agus na sceimhlitheoirí go léir?"

"D'fhéadfá a rá."

"Nár chóir duit dearmad a dhéanamh de do chuid murdaróirí ar feadh tamaill? Maróidh an strus oibre thú fós," ar sise idir shúgradh agus dáiríre.

"Is tusa an bhanaltra," arsa Makar léi go gliondrach. "Nach bhfuil oideas agat ar an strus sin?"

"Tá muis," ar sise. Chuir sí a colainn ar leathmhaig agus í ag leanúint léi: "D'fhéadfá dul chun na bpictiúr liomsa."

Ó bhí siad ina seasamh os comhair an Phálais, ba é sin an chéad rud a rithfeadh le haon duine.

"Ceart go leor," arsa Makar, "ach más ag maolú ar an strus atáimid, is fearr dúinn gan aon scannán bleachtaireachta nó dráma ospidéil a fheiceáil."

D'aontaigh Traud leis an méid seo go gealgháireach, agus sa deireadh, cheannaigh siad ticéid do chóiméide rómánsúil. Ansin chuaigh siad go dtí an caifitéire le fanacht le hoscailt an scannáin os comhair cupán te,

27

ach ní raibh siad i bhfad suite síos ansin, nuair a tháinig
bean óg faoi sheál Mhuslamach ina dtreo:

"Traud! An tusa atá ann?"

"Naima! Heileo!" a scairt Traud, agus sheas sí suas le
croí isteach a thabhairt don chailín.

Girseach Shómáileach a bhí ann nach raibh lá ní ba
sine ná fiche bliain, agus Cácóinis líofa á labhairt aici
gan chrampa coimhthíoch ar bith. Bhí sí ag iompar
mála ceamara faoina hascaill, agus a hainm le léamh i
litreacha móra air: NAIMA MOHAMUD.

"Ó, gabh mo leithscéal," arsa Traud le Makar, agus í
ag athrú teanga anois. "Seo cara liom, Naima
Mohamud. Tá sí ag foghlaim scannánaíochta agus
grianghrafadóireachta i bPolaiteicnic Ealaíontóireachta
Mholopea. Agus seo an Bleachtaire Makar Turkan."

"Ó muis," arsa Naima, agus í ag caitheamh súile ar
Mhakar. "Tusa an bleachtaire deas a casadh ar Traud i
ndiaidh an challáin sin sa Seanmhuileann, is dócha."

Dhearg Traud go bun na gcluas, agus phléasc a gháire
ar Mhakar. "An mise an 'bleachtaire deas'?"

"Sin mar a chuala mé ó Traud é," a d'fhreagair
Naima, agus í ag gáire chomh maith.

"Más ea, is ise mo bhanaltra dheas," arsa Makar agus
d'fháisc sé Traud chuige go séimh. Bhain an méid sin
stangadh as an gcailín, ach níor chuir sí ina aghaidh ar
aon nós. D'fhág Naima slán ag an mbeirt acu, ó bhí an
chuma ag teacht ar an scéal nach raibh cuideachta an
tríú duine ag teastáil uathu anocht, agus chuaigh siad
suas an staighre leis an scannán a fheiceáil.

Mar a d'iompaigh an scéal amach, áfach, ba bheag a
chonaic siad den scannán, nó chaith siad an chuid ba
mhó den am ag pógadh a chéile. Nuair a bhí an

scannán thart, ba é an rud ba nádúrtha acu dul abhaile chuig Makar.

Mar is dual don bhaitsiléir, ní raibh Makar in ann ach ar éigean caoi cheart a choinneáil ar an árasán a raibh cónaí air ann. Mar sin, ba náir leis, traidhfilín, Traud a ligean isteach thar an tairseach. Nuair a chonaic sí an tranglam, áfach, ní dhearna sí ach gáire faoi, agus í ag rá:

"Is léir go bhfuil lorg láimhe na mná sciliúla ag teastáil go géar san áit seo."

Thug sí póg spraíúil don fhear agus d'iompaigh sí uaidh go tobann mar a bheadh sí ag déanamh fiodrince. Shín sí leathlámh uaithi i dtreo an fhir agus tharraing sí chuici é le croí isteach a thabhairt dó. "Tá sí ag saighdeadh liom," a shíl Makar. Bhí an cailín ina seasamh os a chomhair amach agus í á taispeáint féin go gothach goiciúil, agus ba dóigh le Makar go raibh sí ag lasadh suas an tseomra ar fad.

Ansin d'fháisc sí chuici é arís, agus anois, leis an mbarróg a bhí acu ar a chéile, ní raibh áit don mhíoltóg féin eatarthu.

Bhí siad ag caint le chéile mar is dual don lánúin i ngrá, agus focail an dá theanga, idir Chácóinis agus Ghearmáinis, á meascadh trí chéile ina mbéal. I ndiaidh tamaill bhí deireadh ráite, agus na héadaí á gcaitheamh timpeall an tseomra acu.

Nuair a dhúisigh Makar ar maidin, b'aisteach leis ar dtús chomh plódaithe is a bhí a leaba. Ansin tháinig a chuimhne ar ais aige, agus d'aithin sé an bhean óg ina aice. Mhothaigh sé a cíocha cruinne ar a chraiceann, agus chaith sé tamall ag éisteacht léi ag tarraingt anála. Bhíodh cumainn chraicinn aige le mná toilteanacha ó am go ham, ach níor chuimhin leis é a bheith ar a shástacht riamh mar a bhí sé anois. Nach lá dár saol é, a shíl sé.

"Dúisigh, a ghrá," ar seisean le Traud, agus é á croitheadh go séimh.

"Cad é..." a dúirt Traud de mhonabhar trína codladh.

"Dúisigh, a ghrá mo chroí," a d'áitigh Makar uirthi arís. "Caithfidh mé dul ag obair, agus is dócha go bhfuil lá oibre romhat féin chomh maith.'

"Muise," ar sise, agus í ag teacht chuici de réir a chéile.

Ansin, d'fháisc sé chuig a chroí í ar feadh tamaill agus é ag rá: "Ach anois geall dom nach cumann aon oíche amháin a bhí ann!"

"An bhfuil tú i ngrá liom, a Mhakar?" ar sise go gealgháireach.

"Tá," arsa Makar. "Ní raibh a leithéid seo de ríméad orm riamh." Mhair sé tamall maith ag iarraidh an focal ceart a aimsiú le cur síos ar an ngrá mór a bhí aige di, agus é ag cabaireacht leis is ag dul i bhfostú ina chuid cainte arís, go dtí gur tháinig deora le Traud agus an dóigh a ndeachaigh a chuid focal i bhfeidhm uirthi.

"Chomh deas leat, a stór," ar sise le Makar sa deireadh, agus í á phógadh go séimh. "Beidh mé ag obair go deireanach anocht, ach más mian leat tiocfaidh mé anseo chugatsa chomh luath in Éirinn agus a bheas mé saor."

Bhí Makar breá sásta leis an méid seo, agus shéalaigh siad an chomhthuiscint le fáiméad póige. Ansin, chuaigh gach duine den bheirt acu a bhealach féin le díriú ar obair an lae.

Nuair a tháinig Makar a fhad lena oifig féin, bhí Art-Zakar Renikan bailithe leis chuig cruinniú eile leis na boic mhóra. Fuair Makar ar a dheasc comhaid a bhain le Berto Kaltepon agus le lucht a leanúna a mbíodh a gcuid comhráite idirlín acu ar Fhóram na Cúise. Bhí Brainse na Státslándála ag coinneáil diansúile ar Kaltepon agus ar a raibh idir lámhaibh aige ar an Idirlíon le fada anuas, agus anois, de réir na teachtaireachta a bhí fágtha ag Art-Zakar in aice leis na comhaid seo chaithfeadh Makar Turkan iad a scagadh le súil is go dtiocfadh sé ar leid éigin.

Póilín a bhí i Makar Turkan, agus ón lá ar thosaigh sé ar a ghairmréim chonaic sé a sháith de rógairí, ropairí, robálaithe agus ruipleacháin an tsaoil seo. Mar sin, shílfeá nach gcuirfeadh a dhath iontas ar mo dhuine a thuilleadh, ach nuair a fuair sé aithne ar an drong timpeall ar Kaltepon, baineadh stangadh as. Ceann de na comhráite idirlín a bhí priontáilte ansin ag lucht na Státslándála, ba é ab ábhar dó ná banéigniú a rinneadh i bpáirc Katrameni, ceann de na háiteanna ba mhíchlúití i Molopea. Bhí Kaltepon agus lucht a leanúna ar Fhóram na Cúise ag tuairimíocht faoin bhfear a rinne an míghníomh, cé acu Muslamach, fear gorm nó Muslamach gorm a bhí ann. Ansin áfach tháinig chun solais go raibh an cailín ag foghlaim léinn san Ollscoil Ghearmánach, rud a chuir an comhrá ar malairt treo ar fad. Nó anois bhí lucht na Cúise barúlach gur mhaith an airí di é, agus iad ag sárú a chéile ag moladh an "laoch cine" a "leag í".

Bhí lucht leanúna Kaltepon i ndáiríre ag áitiú ar a chéile go raibh sé ceart go leor cailín a éigniú más Gearmánach Cácónach a bhí inti. Ó bhí Makar díreach tar éis titim i ngrá le girseach acu siúd, ní ábhar iontais é gur ghlac sé fearg, fuath agus samhnas le lucht na

Cúise anois. Agus ina dhiaidh sin, chaithfeadh sé dúnmharú an duine ba shuaraí acu a fhiosrú.

Nuair a thraoith an cuthach feirge seo, áfach, agus é in ann smaoineamh go stuama arís, thuig Turkan go mbeadh sé chomh maith aige dul ar lorg an dúnmharfóra i measc chúlaistíní an fhir féin. Má bhí siad ag géarleanúint daoine ar nós Hochstraaten, daoine a bhí ag easaontú leo, bhí siad lán chomh tugtha d'achrann eatarthu féin. Ba dual don chaidreamh chairdiúil ar an Idirlíon iompú ina chogadh dhearg má sciorr focal mícheart ó dhuine acu, focal a thug le fios go raibh a bharúil féin aige de cheann d'fhírinní creidimh na seicte seo. An duine a dúirt os ard nach raibh fios deiridh gach gnó ag Kaltepon, chaithfeadh sé cur suas le rabharta maslaí, eascainí agus bagairtí báis a d'fhágfadh an fear is cranraithe amuigh as a mheabhair. Mar sin féin, an té a bheadh thíos le ceann de na hionsaithe pearsanta seo, thiocfadh sé ar ais ar an bhfóram i ndiaidh tamaill bhig, agus an chéad uair eile a d'éireodh ina chogadh dhearg ansin, bheadh de chiall cheannaithe aige taobhú le lucht an bhua. Sin é an grá aisteach a bhí ag a chúlaistíní do Kaltepon. Ba bheag an difríocht idir an grá sin agus andúil i ndrugaí. Agus leoga, níor fhéad Turkan gan an cheist a chur air féin, an ciorcal dáileachán drugaí a bhí ann i ndeireadh na dála. B'fhéidir nach raibh sa chiníochas féin ach dallamullóg agus ceileatram?

Pé scéal é bhí sé incheaptha go raibh faltanas éigin ag borradh i gcroíthe áirithe i ndiaidh a leithéid de bhulaíocht a fháil ar Fhóram na Cúise. Fiú i gcomparáid leis an gcuid eile den Ghréasán bhí nósanna comhrá na ndaoine úd uafásach madrúil, agus iad ag titim amach le chéile agus ag caitheamh anuas ar a chéile gan stad gan staonadh. Bheadh sé chomh maith aige ceastóireacht a chur ar an iomlán dearg acu. Faoin am seo a tháinig Renikan isteach.

"Feicim gur aimsigh tú an t-ábhar a fuair muid ar iasacht ón Státslándáil," ar seisean, agus é ag crochadh a chóta mhóir uaidh. "An bhfuil mórán staidéir déanta agat air cheana féin?"

"Tá," a d'fhreagair Makar, "agus is é an bharúil atá ag teacht agam gurb i measc lucht leanúna Kaltepon féin a thiocfas muid ar an gciontóir. Le taobhshúil ar an troid a chuireas siad ar a chéile ar an nGréasán is deacair a mhalairt a chreidiúint. Caithfidh sé gur fhág focal goineach ó Kaltepon goimh ar dhuine acu nár chneasaigh i gceart riamh. Is é an tuairisc a fuair muid gurb 'ar éigean a bhí lorg na buirgléireachta ar ghlas an dorais'. B'fhéidir nach raibh lorg na buirgléireachta air ar aon nós ach lorg na seanúsáide. B'fhéidir gur oscail Kaltepon doras in araicis seanchara nach raibh sé in aon amhras faoi, agus nach raibh súil ar bith aige leis an mbaignéad a sádh isteach ina chroí."

"Bhuel nílim a rá nach bhfuil úimléid i do chuid focal," a d'fhreagair Art-Zakar Renikan go smaointiúil, "ach ba chóir duit cuimhne a choinneáil ar an sean-fhocal a bhíos i mbéal ár gcomhthíreach Gearmánach i gcásanna den chineál seo. *Pack schlägt sich, Pack verträgt sich,*[1] a deir siad. Bíonn faltanais mhóra ag na bithiúnaigh eatarthu féin, ach i ndiaidh an iomláin is mó a bhfuath do ghnáthdhaoine measúla sibhialta ná an ghráin atá acu dá chéile. Ach tá an ceart agat, is mithid dúinn lucht Fhóram na Cúise a chroscheistiú.

[1] "An ghramaisc ag troid a chéile, an ghramaisc ag déanamh síochána le chéile." (Seanfhocal Gearmáinise)

Scéal eile ar fad nach bhfuil ach cuid acu ar fáil lena aghaidh sin."

"Nach bhfuil? Cén fáth?"

"Labhair mé le hAlabert Kostoman ón Státslándáil. Tá a chuid fear ag coinneáil súil ar phríomhghníomhaithe na gluaiseachta timpeall ar Kaltepon, ach anois, chuaigh a lán acu ar a seachnadh. D'éalaigh siad ó lucht na Státslándála, agus d'éist siad a gcuid scríbhneoireachta ar Fhóram na Cúise féin, cé go bhfuil an chuid eile de lucht an Fhóraim ag imeacht leis an ngaoth ar fad i ndiaidh dhúnmharú Kaltepon. Cén bharúil atá agat de seo?"

"Bhuel d'fhéadfá a rá go raibh cúpla ionsaí sceimhlitheoireachta ann cheana féin, mar atá, an tsabaitéireacht a rinneadh ar na leoraithe leanna agus an eachtra lámhachóireachta sa Seanmhuileann. Is dócha go bhfuil siad ag ullmhú tuilleadh den earra chéanna."

"Tú féin a dúirt é. Anois, pé hé a mharaigh Kaltepon, caithfidh muid teacht air agus é a chur os comhair an dlí. Tá an bastart ina mhairtíreach ag lucht a leanúna anois, ach má fhiosraímid an dúnmharú mar ghnáthchoir, is dóigh go mbainfear cuid de loinnir an mhairtírigh de, nó bíonn an fhírinne níos suaraí ná an miotas, agus ní bhíonn an drámatúlacht chéanna ag roinnt léi. Má thagann chun solais gur duine de lucht a leanúna a mharaigh é ar an gcineál cúiseanna a luaigh tusa, nó gur gnáthbhuirgléir a sháigh é, is é an rud a chreideas mé go n-éireoidh na hamadáin sin as a bhfeachtas sceimhlitheoireachta sula mbeidh sé tosaithe i gceart acu, agus is amhlaidh is fearr don tír go léir."

"An é sin do bharúil," arsa Makar Turkan go smaointiúil.

"Is é muis. Is é dúnmharú Kaltepon an t-inneall morálta a choinníos ag imeacht iad, nó ceadaíonn sé dóibh iad féin a shamhlú mar fhulangaithe, mar íobartaigh atá faoi bhagairt agus faoi ghéarleanúint. Má chailleann siad an t-inneall sin, tiocfaidh deireadh lena gcuid seafóide."

"Caithfidh muid barántais a eisiúint ar an gcuid de na cúlaistíní a ndeachaigh ceal iontu," arsa Turkan.

"Muise," arsa Renikan. "Líon tusa na foirmeacha iarratais. Cuirfidh an Giúistís Schwanenfeld a ainm leo, agus ansin is féidir linn ainmneacha agus grian-ghrafanna na dteifeach sin a chur ar fud na meán cumarsáide."

Tasc eile a gcaithfeadh Turkan cromadh air. Ceart go leor.

Na daoine ba tábhachtaí acu seo a bhí ar iarraidh, ná, Samael Tompar, Estepan Palemolk, agus Nestor Pontapea.

Ar dtús, Samael Torvi. Fear a bhí ann a raibh dóigh mhaith aige ar na hairm thine, ó chaith sé roinnt bhlianta i bhFórsaí Armtha na Cácóine ina oifigeach ghairmiúil. San am chéanna bhí sé ag dul le haimsi-theoireacht mar spórt, agus bhain sé cúpla bonn óir sna Cluichí Oilimpeacha féin. Bhí sé ina réaltóg cheart ar feadh tamaill, ach ina dhiaidh sin chuaigh an saol ó mhaith air, nó thug sé dúil nimhe don ól—don bhiotáille bhorb sin a roghnaíos an fíor-Chácónach thar bheoir na nGearmánach—agus san am chéanna tháinig chun solais go raibh sé tar éis raidhfilí de chuid an Airm a reic le coirpigh. Ar ndóigh, fuair sé an sac ó na Fórsaí Armtha, agus mar is dual don chiontóir chranraithe, níor admhaigh sé leis féin riamh gurbh eisean bithiúnach an scéil sin.

Maidir le hEstepan Palemolk, is éard a bhí ann ná sórt intleachtóra a chodail amuigh. Chaith sé an chéad chúig nóiméad déag faoi spotsolas na poiblíochta i ndiaidh dó leabhar a scríobh faoi chomh rite is a bhí ag dul leis cailíní a leagan, agus faoin leatrom sóisialta ba chúis leis, mar a d'áitigh sé féin. Ar ndóigh ní raibh sé i bhfad ag aithint ábhar a ghannchúise. Ba iad na heachtrannaigh ghorma a sciob na cailíní go léir ón bhfear gealchraicneach heitrighnéasach. Ó bhí sé in ann an seanscéal smolchaite seo a insint i bhfocail réasúnta léannta, glacadh a chuid seafóide i ndáiríre sna meáin chumarsáide féin, agus anois bhí sé ina idéeolaí cheannasach i ngluaiseacht Kaltepon.

Ba é Nestor Pontapea an duine ba shamhnasaí acu go léir. D'fhéadfá é a chur i gcomparáid le Julius Streicher ó laethanta na Naitsithe. Ar ndóigh ní raibh nuachtán aige mar a bhí ag Streicher lena lá, ach bhí blag aige, agus é ag caitheamh anuas go borb binbeach ar lucht na hinimirce agus ar lucht labhartha na Gearmáinise. Bhí sé ag spreagadh "fir óga fhíor-Chácónacha" chun cailíní Gearmánacha a éigniú, agus san am chéanna, d'fhéadfadh sé a fhógairt go raibh "na Muslamaigh" ag cur an iomarca suime sna cailíní Cácónacha. Ní admhódh sé go raibh an dá rud ag teacht salach ar a chéile ar aon nós.

Bhí Pontapea in ann a chuid bolscaireachta a stealladh ar na léitheoirí mar sin ar feadh cúig bliana gan aird an dlí a tharraingt air féin, ach nuair a thosaigh sé ag ionsaí daoine ina n-ainmneacha féin, d'athraigh na cúrsaí ó bhonn, agus tugadh os comhair

na cúirte é gan mhoill. Agus ar ndóigh ní raibh sé in
ann a thuiscint go raibh a dhath ar bith as cosán déanta
aige, nó i ndiaidh don chúirt fíneáil réasúnta éadrom a
ghearradh air chaith sé cúpla seachtain ag déanamh
béil bhoicht ina bhlag faoin éagóir mhór a d'imir an
stát ollsmachtúil air.

Lig Turkan osna as. Níor thaitin aon duine de na
suaracháin bhochta seo leis mórán, ach ba í an cheist
ba mhó ná, an raibh iontu feachtas sceimhlitheoir-
eachta a choinneáil ag imeacht? B'éadócha leis go raibh,
ó bhí cuma an chladhaire ar gach aon duine acu, ar
bhealach. Ach ar ndóigh bhí sé incheaptha go raibh siad
tar éis dul i bhfolach i seanriclín tí éigin faoin tuath le
buamaí dá ndéantús féin a chur i dtoll le chéile le
haghaidh ionsaithe sceimhlitheoireachta. Agus más é
sin an cineál gnó a bhí idir lámhaibh acu, b'fhearr iad
a stopadh in am. Le fírinne b'fhearr dóibh féin dá
dtiocfadh na póilíní ag breith orthu sula mbainfeadh
míthapa éigin dóibh agus iad ag láimhseáil a gcuid
ábhar pléasctha.

Faoin am ar tháinig deireadh leis an lá oibre, bhí
Makar Turkan i ndiaidh an síniú a mhealladh ón
nGiúistís agus na barántais a ullmhú chun eisiúna. Bhí
siad ag dul timpeall chóras eolais na bpóilíní anois, ach
ní chloisfí ar an raidió iad go fóill. Cé go raibh sé
tuirseach go leor tar éis an lae, bhí croí éadrom aige,
agus é ag fanacht le Traud teacht abhaile chuige.

Chinn Makar ar bhia a ghléasadh di, ionas go
bhféadfadh sí a sáith a ithe dá mbeadh ocras uirthi, agus
ba dhócha go mbeadh. Nuair a bhí sé díreach ag seiceáil
a chuisneora sa bhaile le liosta siopadóireachta a
bhreacadh síos, thosaigh an guthán póca, an diabhal

sceimhleacháin sin, ag aláram díreach in aice lena chroí, rud a bhain stangadh as mo dhuine.

"Mise Makar."

"Seo Art-Zakar Renikan. Cogar, caithfidh tú teacht go hOspidéal Cuimhneacháin Iognáid Semmelweis chomh tapa in Éirinn agus is féidir leat. Tá práinn agus cruóg ann. Cód: ISG."

Ba é ba bhrí leis an gcód sin ISG i dteanga rúnda na bpóilíní Cácónacha ná imshuí agus gialla. Is é sin, bhí an t-ospidéal go léir nó cuid de faoi léigear ag na póilíní, agus duine nó dream éigin daingnithe istigh in éineacht le gialla ag iarraidh cead imeachta agus pas coimirce a bhaint amach.

Má bhí Makar ar muin na muice roimh an gcomhrá gutháin, bhí sé ar barr amháin creatha anois le teann buartha. Cad é mar a bhí Traud?

3
Ospidéal Semmelweis

Is é Ospidéal Cuimhneacháin Iognáid Semmelweis, nó *Ignatz-Semmelweis-Gedächtniskrankenhaus*, an otharlann is mó agus is sine i Molopea. An fear a bhunaigh é, bhí sé ina bhall de Chumann Gearmánach an Lucht Tráchtála, agus é saibhir sásta, mar a shamhlófaí lena leithéid. San am chéanna, bhí sé ina dhaonchara mhór, agus ba iad cúrsaí sláinteachais na cosmhuintire ba mhó a bhí ag déanamh scime dó. Níor theastaigh uaidh a ainm féin a bhuanú, ach rud fónta a dhéanamh ar mhaithe leis an tsochaí, nó tógadh leis an mBíobla é, agus bhí a fhios aige go maith go mba chóir don duine carthanacht a chleachtadh faoi choim, gan súil an tsaoil a tharraingt air féin. Mar sin, bhaist sé ainm Iognáid Semmelweis ar an ospidéal a bhunaigh sé, toisc go ndeachaigh scéal an dochtúra Ungáraigh seo go mór i bhfeidhm air.

Ceannródaí sláinteolaíochta a bhí i Semmelweis a d'aithin roimh aon duine eile cén fáth a raibh na hothair ina chlinic chnáimhseachais i Vín ag fáil bháis le fiabhras luí seoil. Is amhlaidh a bhí na dochtúirí oilte ag tabhairt leanaí chun saoil le méara salacha, nó ní nídís a lámha i ndiaidh dóibh scrúdú iarbháis a dhéanamh—théidís go díreach ón aireagal paiteolaí-ochta go dtí an t-aireagal cnáimhseachais. Ní nach ionadh bhí an galar á scaipeadh mar a bheadh loscadh sléibhe ann. Na mná nár bhain méar dochtúra dóibh ba lú i bhfad an dainséar ina raibh siadsan i ndiaidh na breithe, tharla go raibh siad ag fáil freastail ó mhná glúine a raibh de shiosmaid iontu a lámha a ghlanadh roimh an obair.

Is iomaí uair a chuala Traud scéal Semmelweis, agus is é an bhrí a bhain sí as go bhfuil stuaim agus ciall phraiticiúil na banaltra lán chomh tábhachtach le léann leighis an dochtúra chun an t-othar a choinneáil beo is a chur ar a sheanléim. Mar sin, bhí bród uirthi as a gairm bheatha, agus súil ghéar aici ar na priacail sláinteachais dá réir. Inniu, chuir sí cron i sceanóg aon uaire nár chaith an máinlia sa truflais i ndiaidh na hobráide mar ba chóir. Ar ndóigh ba bheag an baol go mbainfeadh sé athúsáid aisti, ach mar sin féin, ba é an rialachán a bhí i bhfeidhm san ospidéal ná gléasra salaithe den chineál sin a fhágáil i mbosca truflaise ar leith lena chinntiú nach dtógfadh aon duine in ainriocht an earra nua é. Mar sin rug Traud ar an lansa agus thug sí léi é, nó bhí a fhios aici go raibh bosca den chineál cheart i gcóngar ar an bpasáiste.

Díreach nuair a bhí sí tar éis an sceanóg a fhágáil sa bhosca agus í ag siúl suas an pasáiste lena gnáthstádar a leanúint, d'oscail doras an staighre éalaithe ina haice, agus tháinig fear óg isteach. Bhí sé ag caitheamh casóige, T-léine, bríste géine agus bróga reatha a bhí dubh le lathach an ghairdín. Ba dóigh le Traud nach ndeachaigh mo dhuine faoi chithfholcadh le seachtain anuas, agus an boladh a bhí as. Ba léir go raibh sé foirgthe le miocróib, agus de réir riailbhéas an ospidéil ní raibh gnó ar bith ag a leithéid san aireagal seo. Ba dhóbair do Traud pléascadh air go feargach, ach ansin chonaic sí an piostal a bhí i ndeasóg an ionróra.

Fear óg nach raibh mórán slachta air ag déanamh buirgléireachta in ospidéal? Bhuel ba é an chéad tátal a bhainfeá as ná gur andúileach drugaí a bhí ann. Ach ar bhealach bhí súil ag Traud go mbeadh fuadar ar leith faoina leathbhreac. Nach mbeadh ar a intinn ach a chuid drugaí a fháil agus a dhúil a shásamh. An buachaill seo, áfach, ní raibh a fhios aige cad é ba chóir dó a rá ar dtús. Sa deireadh rith na focail leis: "Fan ansin! Ná bog leat!"

"An drugaí atá ag teastáil uait?" arsa Traud go maol malltriallach. Ní raibh róchuma ar an dóigh a raibh an t-ógánach ag láimhseáil a airm thine. Crágáil bhocht a bhí ar siúl aige. Le fírinne má bhí eagla ar bith ar Traud ba é an rud ba mhó a bhí ag déanamh buartha di go scaoilfeadh an piostal sin de thaisme.

"Drugaí? Cén sórt drugaí?" a dúirt an buachaill de ghuth shrónach. Cheapfá go raibh an t-amadán ag ligean i ndearmad cheana féin cá raibh sé agus cad é a bhí idir lámhaibh aige. Bhí sé, fiú, ag pointeáil an phiostail uaidh i dtreo an bhalla lena chinntiú nach mbeadh dochar ann do cheachtar acu.

Shíl Traud gur chóir di tathant ar an bhfear óg an t-arm tine a chur uaidh agus stad den tseafóid, ach ar an drochuair, tháinig sé chuige féin, nó rith leis gurbh eisean an fear armtha dainséarach anseo, agus go bhféadfadh sé a údarás a chur i bhfeidhm ar an gcailín.

"Éist an chabaireacht, a óinseach," ar seisean, "agus lean mise."

Rug sé greim docht dona ar chaol a ciotóige-se, agus é á tarraingt ina dhiaidh go brúidiúil.

"Cén gnó atá agat díom?" a d'fhiafraigh sí, agus faobhar feirge ar a guth.

"Teastaíonn gialla uainn," a d'fhreagair an buachaill go géar giorraisc.

Gialla? Uainn? An raibh tuilleadh ionróirí ann? Ní raibh aird cheart ag an stócach ar an gcailín. Ba léir gur shíl sé nach mbeadh sí in ann a dhath a dhéanamh le hí féin a shaoradh. Bhuel, b'amhlaidh ba mheasa dó. Nuair a chuaigh siad thart leis an mbosca truflaise inar chaith Traud an lansa, ba é an rud ab fhusa léi sceanóg úsáidte eile, nó fiú an ceann céanna, a phiocadh léi ar ais.

Agus ansin bhí cosa an fhir óig nite.

Sháigh an cailín an lansa sa lámh a bhí ag coinneáil an phiostail, agus nuair a mhothaigh sí go raibh béal na sceanóige ag breith greama ar an gcnámh, thosaigh sí á casadh timpeall. D'aithin sí crith beag a thug le fios di go raibh an chnámh ag dul as alt, agus thit an piostal ar an urlár.

Tharraing Traud an lansa amach, agus thosaigh an fhuil ag teacht ina frasa as an gcneá ghránna. Bhí an fear óg ag breathnú le súile móra an díchreidimh agus an uafáis ar an bpraiseach chró a rinne Traud dá lámh.

Bhrúigh Traud ar chnaipe aláraim ar an mballa, agus nuair a chuala sí guth an gharda slándála as an gcallaire in aice an chnaipe, chrom sí ar an micreafón a bhí feistithe den challaire agus í ag rá: "Tá ionróirí ann. D'ionsaigh duine acu mé. Mise an tSiúr Waltraud Stellmacher."

"Tuigim. Cad é mar atá tú?" Ba léir go raibh a fhios ag an ngarda cheana féin cá raibh sí, ó bhí mapa leictreonach den ospidéal os a chomhair, agus dé-óid solais lasta ag taispeáint cá raibh an guthán práinne a bhí á úsáid ag Traud.

"Tá mé féin go maith, ach rinne mé sceanairt ar an ionróir le go gcaithfeadh sé an piostal uaidh. Tá sé ag cur fola go dona, agus ní ligfidh sé dom bindealán a chur leis an gcneá." Ní ligfeadh muise, nó faoin am seo bhí an fear óg i bhfad ní ba scanraithe ná Traud féin, agus eagla mhíréasúnta air roimh an gcailín. Ní raibh cuid bhuailte i mo dhuine a thuilleadh, má bhí riamh, agus é ag cailleadh fola go tréan tapa. B'fhéidir go raibh sé i mbaol cheana féin. Cé go raibh Traud ábalta trua a ghlacadh leis an stócach, bhí fearg uirthi i gcónaí, agus an croí ag bualadh go fiain ina cliabhrach. Thógfadh sé tamall fós sula dtráfadh an borradh aidréanailín.

Nuair a bhí na gardaí slándála ann, fuair Traud aiméar garchabhair a thabhairt don ógánach. Faoin am seo bhí seisean ag gol mar a bheadh leanbh beag ann.

"Céard a bhainfeas dom anois?" a d'fhiafraigh sé de Traud, agus a chaint ag teacht aige arís.

"Is cuma liom sa diabhal," a d'fhreagair Traud go mífhoighneach. "Ach is dócha go mbeidh cúpla focal ag mo ghrá geal leat."

"An fear gorm é?" a d'fhiosraigh an stócach, agus é ag breabhsú leis arís. Shílfeá gur tháinig righneas nua ann nuair a shamhlaigh sé fear gorm leis an ngirseach bheag fhionnghléigeal seo.

"Le fírinne is cuma duitse é, ach ní fear gorm é. Póilín é agus cuirfidh sé ceastóireacht ort."

Chuir an méid seo an fear óg ina thost, agus thug na gardaí slándála leo é. Níorbh é seo deireadh an tromluí, áfach.

Ag teacht a fhad leis an ospidéal dó fuair Makar Turkan é ina thranglam ar fad roimhe, agus an fhoireann go léir ag aslonnú na n-othar. Maidir le Traud, áfach, bhí socadán éigin tar éis suaimhneasán a thabhairt di leath ina hainneoin. Bhuel, ar a laghad ar bith bhí siocair mhaith aici dearmad a dhéanamh den fhuadar ina timpeall agus í leath ina suí, leath ina luí in aice le hArt-Zakar Renikan. Bhí seisean ag cur ceisteanna ar an gcailín, agus í féin chomh héadrom sa cheann ag an gcógas agus go raibh ag dul di Cácóinis a labhairt. Mar sin, fuair Renikan riachtanach teanga dhúchais Traud a tharraingt chuige le ceisteanna a chur uirthi, teanga a bhí réasúnta maith aige, cé go raibh crampa na scoile ar a chuid-san di. Bhí sí díreach ag insint imeachtaí an phasáiste dó nuair a tháinig Makar isteach. Chuaigh sé chuici de choiscéim mhear, agus nuair a shroich sé í, chaith an cailín a lámha timpeall air le póg a thabhairt dó. "A Mhakar, a stóirín," ar sise de leathmhonabhar.

"An bhfuil tú ceart go leor, a ghrá mo chroí?" a d'fhreagair Makar go buartha.

"Níl caill orm," ar sise. "Thug fear d'fhoireann an otharchairr druga suaimhnis dom ach sin an méid."

"Dar críopsa príosta," a dúirt Renikan. "An bhfuil sibhse... um... le chéile?"

"Tá," a d'fhreagair Traud agus Makar as béal a chéile.

"Bhuel," arsa Renikan, "sin rud nach raibh súil cheart agam leis. Ba mhaith liom tú a bheith ag cabhrú anseo

leis an gcuid eile againn, ach más fearr leat an tSiúr
Waltraud a thabhairt abhaile leat..."

"Ní riachtanach mé a thabhairt abhaile," arsa Traud.
"Fanfaidh mé anseo."

Na coinnle a bhí ina súile ba chuimhin le Makar iad
ón oíche sa Seanmhuileann. Ba iad na coinnle sin a
d'adhain an tine bheo ina chroíseán. Ba í seo an cailín
nach dtréigfeadh a thaobh choíche.

"A Traud," arsa Makar, "is dócha go mbeidh cúnamh
na banaltra de dhíth orainn anseo fós, faraoir géar, ach
dealraíonn sé go bhfuil an iomarca suaimhneasáin
tugtha duit," arsa Makar. "Iarrfaidh mé ar Veronika
síob a thabhart duit abhaile." Bhí sé ag tagairt do
Veronika Haas-Karkan, an constábla mná a bhreac síos
an ráiteas ó Traud i ndiaidh imeachtaí an tSean-
mhuilinn.

Bhí Traud breá sásta leis an moladh sin, ach mar sin
féin bhí sí an-bhuartha faoin mbleachtaire a bhí le
fanacht anseo, agus an t-imshuí ar siúl i gcónaí. Chuir
Makar roinnt ceisteanna uirthi faoin ionsaí a rinne an
t-ionróir óg uirthi, ansin tháinig Veronika, bean
scafánta ghreannmhar a bhí timpeall ar thríocha bliain
d'aois. Nuair a chuala sí gurbh í Traud grá geal an
bhleachtaire, ní dhearna sí ach a ceann a chlaonadh
mar admháil. Le fírinne, cheapfá go ndeachaigh an
ghirseach bheag neamhurchóideach sin i bhfeidhm ar
Veronika freisin, chomh misniúil is a d'iompaigh sí
amach i mbearna bhaoil.

I ndiaidh do Veronika an bhanaltra bheag a thabhairt
léi thosaigh Renikan agus Makar Turkan ag cardáil
chás an ospidéil.

"Go bunúsach," arsa Renikan, "is éard atá againn anseo ná dornán sceimhlitheoirí amaitéaracha. D'ionsaigh na hamadáin seo an otharlann leis an Rúiseach bréige s'againn a mharú nó a thabhairt leo, níl a fhios ag aon duine cé acu rud. Tá sórt ceann feadhna acu agus é ar an teileafón ag na constáblaí speisialta faoi láthair, ach is ar éigean is féidir bun ná barr a dhéanamh dá bhfuil á rá aige."

"Céard faoin mbuachaill a ndearna Traud sceanairt air?"

"Tá sé i riocht catatónach, a bheag nó a mhór," arsa Renikan. "D'inis an tSiúr Waltraud... is é sin, d'inis Traud dom go raibh an stócach idir dhá chomhairle faoin rud ba chóir dó a dhéanamh. Nuair a ghearr sise i lámh an phiostail é, fágadh an fear óg ina stangaire ar fad. Bhí sí barúlach nach raibh san ógánach seo ach geocach ríomhairí nó saoithín cúlseomra nach raibh in ann a arm tine a láimhseáil i gceart, ná saighdiúireacht ar bith ann ó thaobh an dúchais ná na hoiliúna de. Nuair a bhí sí tar éis an lámh in uachtar a fháil air, ghlac sí cineál trua leis an mbuachaill bocht, mar a dúirt sí."

"Ní hionann sin is a rá nach bhfuil an dream sin dainséarach," arsa Turkan. "Mura bhfuil fios a ngnó acu, is féidir leo pé rud a dhéanamh a rithfeas leo."

"Muise," arsa guth fir in aice leo, agus baineadh stangadh astu. Bhí ábhairín de bhlas na Gearmáinise le mothú ar a chuid Cácóinise. Hartmut Bauer ab ainm dó, agus é i gceannas ar an aonad speisialta. "Bhí mé díreach ag caint le Kalvake," ar seisean, "agus nuair a mhínigh mé na himthosca dó, fuair mé údarú uaidh dul isteach ar an toirt agus na bligeaird sin a thabhairt chun neodrachta. Beirigí sibhse ar bhur gcuid gunnán chomh maith le duine agus téigí ar foscadh. Is é an rúchladh é anois."

Ní raibh moill ar bith ar na bleachtairí aird a thabhairt ar fhocail Hartmut. Is ar éigean a bhí radharc acu ar a raibh idir lámhaibh ag na speisialaigh, ach mar sin féin bhí siad ábalta a lán a aithint ón trup a chuala siad—nó ón gciúnas.

Shamhlaigh Turkan agus Renikan dóibh féin an dóigh a raibh na speisialaigh ag téaltú isteach. Ní raibh gíocs ná míocs astu, agus bhí siad tar éis coisbheart ar leith a chur orthu nach raibh torann ná troistneach as in éadan an urláir. An fear a bhí ag dul ar tosach, stopadh sé ó am go ham le seiceáil go raibh an bealach glan. Ansin, thabharfadh sé comhartha beagnach do-fheicthe le leathlámh agus leanfadh an chuid eile den fheadhain é. Sa deireadh shroichfeadh an scuad go léir an doras a raibh na sceimhlitheoirí taobh thiar de, agus sháfadh duine acu pléascán beag i nglas an dorais. Rachadh an fheadhain ina dhá scuaine in aice leis na ballaí le fanacht leis an bpléascán scaoileadh, agus ansin thabharfaidís an ruathar isteach...

Ach anois, d'aithin Turkan agus Renikan féin nach raibh an oibríocht ag dul ar aghaidh mar ba chóir. Bhí airm thine á loscadh, chualathas daoine ag scréach-arnaigh go géibheannach le teann eagla nó péine, agus ansin tháinig fear amach sna feiriglinnte a raibh gnáthéadaí air agus é ag beartú piostail.

"Stad! Stad in ainm an dlí!" a scairt Makar Turkan.

Ní dhearna an fear stad ná cónaí, ach nuair a d'aithin sé an treo óna raibh focail Turkan ag teacht, scaoil sé dhá urchar a bhuail an tsíleáil sách cóngarach don bhleachtaire. Thuig na póilíní ar an toirt go mbeadh sé chomh maith ag an bhfear úd Makar a mharú.

Ansin d'fhreagair Turkan an lámhach sin, agus thit an fear as a sheasamh. Scaoil sé a ghreim den phiostal agus rinne an t-arm tine bulla báisín ar an urlár go dtí go ndeachaigh sé i bhfostú idir an balla ab fhaide ar shiúl ó Turkan agus tralaí a bhí fágtha in aice leis an mballa sin, ceann de na tralaithe a bhíodh na banaltraí a bhrú rompu le cógaisí nó bia a riar ar na hothair.

Ní raibh gléas a chosanta ag an bhfear a thuilleadh, agus ba léir gur bhuail Turkan i leathchos é, nó nuair a rinne sé iarracht nua éalú leis, ní raibh sé in ann ach cúpla coiscéim chiotach a chur de, sular thit sé as a sheasamh arís. Chonaic Makar go raibh fuil ag teacht leis as an gcos bhuailte. Agus shíl sé go raibh an fear féin aitheanta aige.

Ba é Samael Tompar é.

De réir a chéile, tháinig sé chun solais cad é a d'éirigh d'fheadhain Hartmut nuair a bhain siad amach an ceann scríbe. Bhí fear faire ar garda ag na sceimhlitheoirí taobh amuigh den tseomra ina raibh siad daingnithe, agus ní raibh foireann Hartmut ábalta é a chur faoi chónaí in am, ná fiú súil acu leis. Theip na néaróga ar na buachaillí istigh, nuair a chuala siad fothram an chomhraic taobh amuigh, agus le teann líonrith thosaigh siad ag cur a gcuid giall chun báis. Chomh scanraithe is a bhí siad scaoil siad urchair ar a chéile freisin. Nuair a tháinig na speisialaigh isteach, chuaigh fear de na hógánaigh ag loscadh i ngach treo mar a bheadh sé ar an daoraí ar fad.

Fuair fear de na speisialaigh bás sa chambús, agus gortaíodh Hartmut Bauer féin go dona. Maraíodh cúigear de na gialla agus an chuid ba mhó de na sceimhlitheoirí. Fir óga ar fad, ar ndóigh. Ba é Samael Tompar an t-aon duine den bhaicle nach raibh ina stócach a thuilleadh.

Nuair a tugadh na gialla marbha amach, ba dóigh le Makar Turkan go bhfuair sé drochbhuille sa chroí, nó d'aithin sé bean óg ina measc—Margret Voigt-Perkan, cara Traud. Is é an smaoineamh a tháinig tríd ar an toirt go bhféadfadh Traud bheith sínte ansin ina háit, murach an dearg-ádh.

An dearg-ádh gur chuir an ghirseach ar a son.

Idir an dá linn bhí Veronika tagtha ar ais.

"Thug mé Traud abhaile chugat féin agus scríobh mé síos gach rud a rith léi ar eagla na heagla. Bhí an fear cothabhála sásta an doras a oscailt dúinn nuair a thaispeáin mé mo chárta aitheantais dó. Le fírinne bhí Traud iontach stuama cé go raibh sí buartha fútsa."

Bhí tocht i nglór Mhakar, nuair a labhair sé le Veronika. "An bhfaca tú an cailín a mharaigh siad? Cara le Traud a bhí ann! An bhanaltra a bhí ina cuideachta nuair a rinneadh an t-ionsaí ar an Seanmhuileann!"

4
An Tásc
agus an Tuairisc

Fuair Makar cead abhaile ó Renikan, agus nuair a
fuair, chuaigh sé go dtí an lárionad tacsaithe in aice
leis an mbusáras le gluaisteán a fháil ar cíos. Thug sé
comhartha láimhe don tacsaí ba chóngaraí agus d'oscail
an tiománaí doras an chúlbhinse in araicis an
bhleachtaire.

"Cá bhfuil do thriall, a dhuine uasail?" a d'fhiafraigh
an tiománaí. Thug Makar an seoladh dó, agus ansin
d'fhan sé i mbun a mhachnaimh an chuid eile den
bhealach. Rinne fear an tacsaí cúpla iarracht fóideoga
a bhaint, ach ní raibh fonn ar Mhakar comhrá a
dhéanamh leis, cé nach fear tostach a bhí ann ó thaobh
a dhúchais de. Thagair an tiománaí don imshuí san
ospidéal freisin, agus é ag déanamh galamaisíocht
chainte de go dtitfeadh a leithéid amach in áit chomh
síochánta le Molopea, ach ní raibh blas fíormhothú-
cháin ar an méid sin, rud a chuir as do Mhakar.

"Táimid anseo anois, a dhuine uasail," arsa an
tiománaí go múinte foirmiúil le Makar nuair a bhain
siad amach an ceann scríbe. D'íoc Makar le fear an

tacsaí agus d'fhág sé slán aige. Chonaic sé go raibh solas lasta thuas ina árasán féin. Bhí Traud ina dúiseacht ansin, de réir dealraimh.

Bhí míshuaimhneas ag luí go trom ar a chroí nuair a d'oscail sé an doras. Cé gur aithin sé Traud ina suí ag bord na cistine, beo beathaíoch, slán sábháilte, agus í ag ól tae is ag léamh irisí, níor tháinig maolú ar an míchompord sin. D'éirigh an cailín as an léitheoireacht le dul ina araicis, agus loinnir ina súile le teann lúcháire. Bhí sí ag fáscadh a lámha timpeall ar an bhfear sula raibh de sheal aigesean labhairt léi.

"A Traud, tá an-drochscéala agam."

Scaoil an cailín a lámha de Mhakar, agus í ag breathnú go buartha ar an bhfear.

"Maraíodh Margret. Ní dheachaigh againn í a tharrtháil."

Chroith Traud a cloigeann mar a bheadh sí ag iarraidh diúltú don fhírinne shearbh, agus tháinig deora léi.

"Conas a tharla sé?"

"Níl a fhios ach ag na constáblaí speisialta é, ach mar a thuigim féin an scéal, chuaigh na stócaigh ar mire le teann scanraidh nuair a tháinig na speisialaigh isteach a fhad leo. Thosaigh siad ag lámhach ina dtimpeall gan amas gan aidhm, agus is féidir leat a shamhlú go bhfuair a lán daoine bás ansin."

Bhí Traud ag gol, agus d'aithin Makar teas agus taise ina shúile féin. Sa deireadh labhair an cailín: "Dar muige is mór an díol trua a fear céile, agus é fágtha ina aonar anois ag tabhairt aire don iníon bheag."

"Don iníon bheag?"

"Tá iníon acu, tachrán dhá bhliain."

Tine sa Chácóin

I ndiaidh an oiread sin báis a fheiceáil dó tháinig fonn ar Mhakar beatha nua a choimpeart, mar is dual don duine dhaonna ina leithéid de chás, agus bhí Traud breá sásta comhoibriú leis. Mar sin, chaith siad an chuid eile den oíche snaidhmthe ina chéile. Sa deireadh, thit a gcodladh ar an dís acu, agus nuair a mhúscail guthán póca an bhleachtaire iad, bhí an oiread scíthe faighte acu is go raibh siad ábalta an suan a chroitheadh díobh réasúnta sciobtha, cé gurbh fhearr leo trí huaire an chloig eile a chaitheamh sa leaba, ar a laghad.

Ba é Art-Zakar Renikan a bhí ann, cé eile, agus cuidiú an Bhleachtaire Turkan ag teastáil uaidh go géar, ar ndóigh. Bhí na diabhail iriseoirí ag plódú isteach in Áras na bPóilíní, ní nárbh ionadh, ach thairis sin bhí an scéal go léir ag dul chun castachta, agus ba é Makar Turkan an fear ceart le plé leis an gcastacht sin, dar le Renikan.

Maidir le Traud, dúirt sí go raibh cead aici ón ospidéal an lá seo a chaitheamh ag ligean a scíthe i ndiaidh na n-imeachtaí. Bhuailfeadh sí isteach chuig fear céile Mhargret—nó an bhaintreach fir ab fhearr a rá—le fáil amach conas a bhí sé agus an raibh lámh chuidithe de dhíth air leis an bpáiste.

Ní féidir a rá nár mhothaigh Makar Turkan deann ag dul trína chroí nuair a chuala sé an méid sin. Thuig sé gur theastaigh ó Traud an gar deireanach a dhéanamh do Mhargret. Póilín a bhí ann, áfach, agus ciall cheannaithe an phóilín aige do dhúchas an daonnaí. Ní raibh aithne aige ar an mbaintreach fir, agus dá mbeadh féin, bheadh sé buartha faoi Traud. Fear fágtha ina aonar go tobann, fear a bhí díreach i ndiaidh a bhean chéile a chailleadh. Fear nach raibh, b'fhéidir, in

ann greim a choinneáil ar a stuaim. Fear nár chóir duit
an iomarca muiníne a bheith agat as. D'fhéadfadh sé
faoiseamh collaí a lorg ó Traud in aghaidh a tola-se
agus an riocht intinne ina raibh sé. An fear ba
chaoimhe amuigh dhéanfadh sé a lán rudaí as cosán
agus é ar mire le teann bróin.

Ag scrúdú a chroí dó b'éigean do Mhakar a admháil
leis féin go raibh imní de chineál eile air freisin. Ag éad
a bhí sé. Ní raibh sé cinnte nach mbeadh Traud sásta an
faoiseamh sin a thabhairt don fhear faoi chroí mhór
mhaith, i ndiaidh an iomláin. Bean dheas dhea-chroíoch
a bhí inti, ag Makar ab fhearr a bhí a fhios. Le fírinne
dá nglacfadh sí trua chomh mór leis an mbaintreach
fir is go mbeadh sí sásta oíche leathair a chaitheamh
leis, ní thiocfadh sé aniar aduaidh ar Mhakar. Rud ní ba
mheasa fós, áfach, dá dtréigfeadh sí eisean le haire a
thabhairt don fhear bhocht agus dá iníon.

"A Traud," ar seisean, "an bhféadfainn teacht in
éineacht leat agus tú ag dul chuig fear Mhargret?"

"Le hé a cheistiú? An bhfuil gá leis?"

"Ní hea, ach... bhuel, le mo chomhbhrón a chur in iúl.
Le mo choinsias a ghlanadh. Le mo racht a ligean
b'fhéidir. Tá mé féin in ísle brí i ndiaidh an iomláin.
D'fhéadfása tú féin a bheith tar éis bháis anois, in ionad
Mhargret."

Diabhal smid bréige a bhí ann, ó bhí an smaoineamh
sin ag luí ar a chroí go trom i gcónaí. Bhí fíorthrua aige
don fhear bocht agus lena iníon bheag. Dá mba í Traud
a mharófaí sa teagmháil san ospidéal bheadh sé chomh
maith ag Makar lámh a chur ina bhás féin.

"Bhuel, a stór," arsa Traud go séimh, "tá an dá
bh'fhéidir ann. Ní rachadh sé chun sochair dó póilín a

fheiceáil isteach chuige. An dtuigeann tú, i ndiaidh tráma chomh tromchúiseach sin bíonn daoine cineál taghdach—"

Cé leis a bhfuil sí ag labhairt, dar léi, a shíl Makar. *Nach cuimhin léi gur póilín mise?*

"—agus iad claonta chun siabhráin. Díchéillí is uile mar a bheadh sé ní chuirfeadh sé lá iontais orm dá mbeadh mo dhuine ag cur an mhilleáin ar na péas go léir faoi láthair."

"Tuigim, ach ón taobh eile de, má bhíonn ceisteanna aige faoin dóigh ar maraíodh Margret, féadfaidh mé iad a fhreagairt."

"Pé scéal é," arsa Traud, "nuair a rachas mé ansin beidh tusa ag obair go fóill. Cogar anois, a chuid, buail-fidh mise isteach chuige le réamhthaighde a dhéanamh, agus cuirfidh mé an cheist air, an mbeidh do chuid freagraí de dhíth ar mo dhuine."

Bhí gnúis chomh pianmhar ar Mhakar is go bhfuair an cailín riachtanach é a phógadh, agus i ndáiríre bhí an phóg sin ag teastáil uaidhsean. Fear stuama a bhí ann mar ba dhual do lucht a cheirde, ach mar sin féin bhí saghas masla glactha aige. Tar éis an tsaoil, áfach, b'éigean dó a admháil go raibh cuid mhór den cheart ag an gcailín.

"Cuideachta a chuid cairde agus gaolta is mó atá uaidh anois," arsa Traud. "Ní mór dom a chinntiú go bhfuil daoine acu ansin agus go bhfuiltear ag breathnú i ndiaidh an chailín bhig ach go háirithe."

I ndiaidh dó slán a fhágáil ag an ngirseach thug Makar aghaidh ar Áras na bPóilíní, agus mar a dúirt Renikan leis ar an bhfón póca, bhí an áit foirgthe le hiriseoirí fiosracha. Bhí siad ag iarraidh gach póilín a gheafáil le ceisteanna aiféiseacha a chur air, agus ní thabharfaidís aird ar an diúltú. Fuair Turkan riachtanach cúpla duine acu a shoncáil uaidh le teacht in airde staighre go hoifig Renikan, agus thug duine acu "pílear caca" air. Bhí Renikan tar éis an glas a chur ar a oifig leis na nuachtánaithe a choinneáil amuigh, ach d'oscail Makar an doras lena eochair féin agus phlab sé ina dhiaidh é, ar eagla go sleamhnódh duine de na hiriseoirí isteach sna sálaí aige.

"Dia duit," arsa Turkan.

"Dia is Muire duit," a d'fhreagair Renikan. "Cogar. Tá an Rúiseach dúisithe, agus mar ab eol dúinn roimhe seo, ní Rúiseach ar bith é. Caithfidh muid dul go dtí an tOspidéal chomh sciobtha in Éirinn agus is féidir."

"An féidir linn ár mbealach a dhéanamh amach i measc na n-amadán sin, meas tú?" arsa Turkan. Bhí ábhairín beag feirge air leis na hiriseoirí go léir i ndiaidh an mhasla a tugadh dó.

"Ní féidir linn, ach ní mór dúinn mar sin féin," arsa Renikan, agus draothadh tarcaisniúil gáire ag creathnú ar a bhéal. "Conas atá do chailín?" a d'fhiafraigh sé ansin le giúmar eile a chur ar an mBleachtaire.

"Tá sé suaithinseach ar fad chomh maith is atá sí," a d'fhreagair Turkan, agus é ag éirí i bhfad ní ba ghliondraí ina chuntanós. "Ach ar ndóigh tá sí go mór faoi mhéala i ndiaidh bhás a dlúthcharad."

"Is iontach an sracadh atá inti, chomh beag bídeach is atá sí," arsa Renikan.

"Is ea, muise," a d'fhreagair Turkan, agus meangadh gáire ag teacht air.

"Ach anois, ná bí ag aislingeacht," arsa Renikan go dian. "Rachaidh muid go dtí an tOspidéal."

D'imigh siad leo mar sin, agus iad ag iarraidh gan dul i gcomhrac lámh leis na hiriseoirí, nó d'fhág siad an cineál sin oibre faoi na gnáthphóilíní. Amuigh os comhair an Árais dóibh shuigh siad isteach ar ghluaisteán nach raibh suaitheantas na bpóilíní uirthi. Sméid Renikan a cheann don chonstábla óg ag an stiúir, agus abhae leo i dtreo Ospidéal Cuimhneacháin Iognáid Semmelweis.

I ndiaidh na n-imeachtaí drámatúla roimhe sin bhí an Rúiseach bréige tugtha go haireagal eile, agus faoi strus an aistrithe seo thosaigh sé ag rámhailligh leis. Má thosaigh, ba í an ghlan-Chácóinis an teanga ba mhó a bhí le cloisteáil uaidh.

Idir an dá linn bhain Traud amach an bloc árasán ina raibh cónaí ar an mbaintreach fir. Thíos ag an doras mór di bhrúigh sí ar an gcnaipe a raibh an sloinne úd PERKAN in aice leis, agus chuala sí guth mná as an gcallaire:

"Cé atá ansin?"

As Cácóinis a labhair an guth, ach d'aithin Traud crampa na Gearmáinise air.

"*Ich bin's, Traud*"—"Mise atá ann, Traud"—ar sise ina teanga dhúchais féin. "Traud Stellmacher."

"Ó, an tusa atá ann," a d'fhreagair an guth, agus chuala Traud dord leictreach nuair a baineadh an glas den doras. Shleamhnaigh sí isteach sa halla agus chuaigh sí in airde staighre le teacht ar an urlár ceart—ar ndóigh ní raibh ardaitheoir ann.

An chéad duine a casadh uirthi istigh ansin ba í Tanja í, is é sin, deirfiúr óg Mhargret agus í cosúil go maith leis an mbean mharbh. Thug Traud croí isteach di agus na deora ag teacht go flúirseach leis an mbeirt acu.

"Shíl mé nár mhiste dom a sheiceáil go raibh Viktor agus Victoria ceart go leor."

Bhí Viktor ina shuí ag bord na cistine, agus cé go raibh sé ag baint taca as an mbord agus ag ól branda, las sé suas nuair a d'aithin sé Traud chuige.

"Conas atá tú ar aon nós?" a d'fhiafraigh sí den fhear go buartha.

"Bhuel conas a bheifeá," a d'fhreagair seisean, agus tháinig draothadh cam turgháire air. "Mar a bheadh mo chroí istigh gearrtha asam."

Bhí Viktor ag labhairt Gearmáinise, teanga nach raibh aige ó dhúchas, cé go raibh sé in ann é féin a chur in iúl go líofa inti. Ar meisce mar a bhí sé, áfach, bhí blas láidir Cácóinise ar a ndúirt sé.

"Agus Victoria?"

"Tá máthair Mhargret anseo, agus í ag breathnú i ndiaidh an linbh."

Buíochas mór le Dia bhí Viktor an-mhór le muintir a mhná céile riamh. Mhínigh Margret do Traud, fadó, nach raibh saol sona ag an bhfear bocht nuair a bhí sé ina bhuachaill beag. Mar sin, nuair a thit sé i ngrá léise, thug sé taitneamh dá muintir fosta, ó bhí sé barúlach gur teaghlach ceart a bhí iontu agus caidreamh folláin acu le chéile, rud a chrothnaigh sé uaidh féin riamh.

"Agus Tanja?"

"Tá Tanja críochnaithe ar scoil, agus í lena hArd-teastas a cheiliúradh i gceann dhá sheachtain."

Ansin, phointeáil Traud méar ar an mbuidéal branda. "Ní maith liom an stuif sin. Tuigim go bhfuil maolú péine de dhíth ort, ach tá a fhios ag Dia go bhfuil sé i bhfad rófhurasta dúil nimhe a chur ann."

"Seanbhuidéal é a fuair muid mar bhronntanas lá ár bpósta," arsa an fear, agus d'aithin Traud blas bog-chaointe ar a ghuth. "Shíl mé gur tháinig an t-am ceart le hé a bhearnú. Dúirt máthair Mhargret go raibh cead agam an ceann seo a chaitheamh siar mar leigheas, ach go gcaithfinn leor a ghabháil leis. Tabharfaidh mé aird ar a cuid focal."

Tháinig na deora go frasach le Traud arís, agus ní raibh sí in ann freagra ar bith a thabhairt uaithi. Moladh mór le Dia, a shíl sí, go raibh mná ciallmhara tuisceanacha anseo agus iad sásta cúram an fhir agus a iníne a ghlacadh orthu.

Bhí cúpla focal ag Traud le máthair Mhargret fós, agus í ag iarraidh an leanbh a ghiúmaráil. Thug Traud póg do Victoria bheag agus d'fhéach sí le caint éigin a mhealladh aisti. Ní raibh an créatúirín bocht in ann a thuiscint go fóill nach bhfeicfeadh sí a máthair choíche arís, ach d'aithin sí ar iompraíocht na ndaoine máguaird go raibh rud éigin cearr go dona.

Nuair a bhí Traud socair siúráilte nach raibh a cúnamh ag teastáil go róghéar faoi láthair, d'fhág sí slán agus beannacht ag an iomlán acu, agus fuair Viktor féin póg uaithi. Bhí sí leathdhall ag na deora, agus cé go raibh an samhradh ag teacht, mhothaigh sí creath-anna ag dul tríthi díreach mar a bheadh sí á conáil ag fuacht feanntach. Anois chrothnaigh sí Makar go mór mór uaithi. Fear séimh sábháilte a bhí ann, fear mór misniúil a bhí ag cosaint an chirt agus ag cosc an mhíchirt mar shlí bheatha.

"A Traud! An tusa atá ann?"

Ní raibh moill ar bith ar Traud an guth sin a aithint. Naima a bhí ann agus an drae duine eile, muise. Bhí gnúis an-bhrónach uirthi, nó bhí a fhios aici imeachtaí an ospidéil, ar ndóigh—an méid a bhí le léamh ar na nuachtáin. "Conas atá tú, a Traud?"

D'inis Traud di cad é a d'éirigh di féin agus do Mhargret bhocht, agus nuair a bhí an scéal iomlán cloiste ag Naima, ní raibh sise in ann an gol a choinneáil siar ach an oiread. Chaith sí tamall fada ag iarraidh cian a bhaint de Traud, ach sa deireadh, ba í Traud féin a tharraing chuici malairt ábhar cainte:

"Cogar, a Naima, cad é atá idir lámhaibh agat féin i láthair na huaire?"

"Nach dtiocfá go dtí mo stiúideó? Tá mé díreach ag ullmhú taispeántais."

Smaoineamh maith a bhí ann dar le Traud. Ealaíontóir éirimiúil a bhí i Naima, agus súil ghéar aici ar a raibh le feiceáil timpeall na cathrach. Cé nach ngnáthaíodh Traud taispeántais ealaíon go rómhinic as a stuaim féin, thaitin saothar a carad léi, ó bhí Naima in ann sonrú a chur i mionrudaí neamhghnácha a ndéanfadh formhór na ndaoine neamhshuim díobh.

Na saothair a bhí i gceist anois ba iarracht iad, mar a dúirt Naima féin, "éirim na háite" a aimsiú is a aithint. Bhí Naima tar éis grianghraif a thógáil de na háiteanna céanna ón bpeirspictíocht chéanna i rith na bliana, agus í á gcumasc ar an ríomhaire le haon phictiúr amháin a chruthú a bheadh "neodrach," is é sin, nach bhféadfá a rá cé acu geimhreadh nó samhradh, earrach nó fómhar a bhí ann, agus nach mbeadh ach fíor-nádúr na háite le feiceáil ann. Na pictiúir a bhí ullamh aici cheana féin, chuaigh siad go mór i bhfeidhm ar Traud. Cé gur áiteanna a bhí ann a raibh seanaithne agus taithí aici orthu, ós i Molopea a tháinig sí féin chun saoil agus i gcrann, d'fhág an teicníocht seo draíocht neamhghnách sna pictiúir.

"Na crainn solais go háirithe, is maith liom iad," ar sise os ard, nuair a d'fhiafraigh Naima a barúil di. "Is dóigh leat go bhfuil réimse solais ina dtimpeall, cé nach bhfuil siad lasta."

"Sin ceann de na rudaí a theastaigh uaim a thaispeáint," arsa Naima. "An bhfuil a fhios agat an mhonarcha plaistigh in aice le stáisiún na traenach, ar imeall Kesitu?"

Sméid Traud a ceann. Ceantar den phríomhchathair a bhí in Kesitu—nó Kessentau, mar a thugadh Gearmánaigh na háite air—ceantar a bhí fágtha faoi mhonarchana le fada an lá.

"Bhuel," arsa Naima, "sa samhradh anuraidh ba mhinic dom dul thar bráid ansin le titim an dorchadais. Ansin d'fheicinn na crainn solais lasta, ach ó bhí sé sách geal i gcónaí, níor dhóigh leat go raibh siad ag soilsiú i gceart, ní raibh ann ach saghas réimse solais thart timpeall ar gach lampa. Ní aithneofá na scáthanna go fóill a chaithfeadh na foirgnimh in éadan sholas na lampaí. Theastaigh uaim an t-atmaisféar sin a athchruthú i mo chuid pictiúr féin."

Rinne Traud a marana ar a raibh ráite ag Naima, agus thuig sí a cás. An nóiméad rúndiamhrach úd díreach nuair a bhí an oíche shamhraidh ag breith ort—sea, d'fhágfadh sé cuma dhraíochtúil ar an monarcha phlaistigh féin ar feadh meandair.

Sa deireadh thiar thall d'fhág Traud slán agus beannacht ag a cara. Faoin am sin bhí Naima tar éis a dícheall a dhéanamh le sólás a thabhairt di, agus cé go raibh bás Mhargret agus iarsmaí na n-imeachtaí san Ospidéal

Cuimhneacháin ag luí go trom uirthi i gcónaí, mhothaigh sí í féin i bhfad ní b'fhearr anois.

Maidir le Makar, níor éirigh an lá go rómhaith leis. Bhí an Rúiseach bréige ina lándúiseacht anois, ach má bhí féin, bhí sé chomh cúramach is nach labhródh sé a dhath in aon teanga a thuilleadh. Nuair a bhí sé ag rámhailligh, bhí sé ag labhairt Cácóinis den chuid ba mhó, agus blas an chainteora dhúchasaigh ar a ndúirt sé. Nó sin é an méid a chuala Makar agus Art-Zakar Renikan ó fhoireann na hotharlainne. Ar an drochuair níor chuimhin le haon duine de na banaltraí aon abairt a mbeadh mórán céille inti.

Bhí duine de ghníomhairí na Státslándála ann freisin, fear darbh ainm Adrian Afinogenoff, agus mar ba soiléir óna shloinne, bhí Rúisis aige ó dhúchas, nó ba de shliocht na sean-inimirceach polaitiúil é. Chaith seisean tamall chois leapa ar eagla go ndéarfadh an fear rud éigin sa teanga sin a mbeadh úimléid ann, ach ar ndóigh ní raibh gá leis. Dúirt sé cúpla abairt Rúisise, arsa Afinogenoff, ach má dúirt féin, ní raibh blas ceart na teanga ar an méid sin ach ar éigean. "Is dóigh liom go bhfuil an teanga go líofa aige," a mhínigh sé don Bhleachtaire agus don Chigire, "agus creidim gur chaith sé tamall fada sa Rúis i measc cainteoirí dúchais, nó bhí béarlagair madrúil den chineál aige nár chuala mé féin ó mo mhuintir riamh nuair a bhí mé ag teacht i gcrann." Ag rá an méid sin dó bhobáil Afinogenoff a shúil go greannmhar. "Ach is Cácónach go smior é an fear sin, gan dabht gan déidearbhadh. Sin é an blas atá ar a chuid cainte."

"Ach tá Rúisis mhaith aige, meas tú?"

Tine sa Chácóin

"Bhuel, dá mbeadh sé ina lándúiseacht agus iarracht ar leith ar siúl aige, b'fhéidir nach n-aithneoinnse thar an gcainteoir dúchais é, mé féin," arsa Afinogenoff, agus cuma smaointiúil air. "Is é sin, na rudaí a sciorr uaidh, ní fhoghlaimeofá ón bhfoclóir ná ón múinteoir iad. Chaithfeá iad a chloisteáil ó chóip na sráide."

"An bhfuil tuairim ar bith agat i dtaobh chúlra mo dhuine?" a d'fhiafraigh Makar de.

"Tá," a d'fhreagair Afinogenoff, agus dhírigh sé amach a dhroim, mar a bheadh ordú míleata faighte aige bheith ina sheasamh ar aire. "Ach má tá féin, is eagal liom gur ceist státslándála é i ndáiríre. Breacfaidh mé síos tuarascáil agus rachaidh tú ag lorg cóipe di trí Bhrainse na Státslándála, agus más dóigh leis na boic mhóra go bhfuil an t-eolas ag teastáil uait le haghaidh do chuid fiosruithe féin, beidh cead agat an tuarascáil sin a léamh."

"Tuigim," arsa Turkan, "agus is dócha nach féidir leat eisceacht a dhéanamh."

"Is féidir, ar na gnáthchoinníollacha," a d'fhreagair Afinogenoff. "Má thugann tú píosa eolais dom nach bhfuil agam go fóill, tabharfaidh mise píosa eolais duit féin nach bhfuil agatsa."

B'éigean do Mhakar a admháil nach raibh a fhios aige a dhath a mbeadh úsáid ann don Státslándáil. Le fírinne, bhí sé den tuairim nach raibh a fhios aige a dhath a mbeadh úsáid ann dó féin, mar phóilín. Ba dóigh leis go gcaithfeadh sé an chuid eile dá shaol ag ceistiú duine as gach beirt sa tír seo ag iarraidh a fháil amach cé acu acu a mharaigh Berto Kaltepon. Ach ar a laghad, bhí sé cruthaithe anois ag fear chomh saineolach le hAfinogenoff nach Rúiseach a bhí sa

Rúiseach sin ar aon nós, siúd is nár tháinig sé aniar aduaidh air féin ná ar Renikan.

Ag dul abhaile dó bhí Makar Turkan an-mhíshásta leis féin agus leis an bhfiosrú go léir. Ar ámharaí an tsaoil fuair sé a chailín roimhe sa bhaile, agus i ndiaidh a ndeachaigh sí tríd bhí sí iontach suaimhneach. "Bhuel conas a chaith tú an lá?" a d'fhiafraigh sé de Traud i ndiaidh an chéad phóg a thabhairt di.

"Bhuail mé isteach ag an mbaintreach fir," ar sise, "agus dealraíonn sé go bhfuil mo dhuine ceart go leor, a fhad agus is féidir leis faoi na himthoscaí. Tá máthair agus deirfiúr Mhargret ann agus iad ag coinneáil súile ar an bhfear bocht agus ar an leanbh araon." Tháinig tocht i nglór an chailín nuair a d'inis sí faoin teagmháil a bhí aici le lucht méala a carad, agus d'aithin Makar deoir faoi leathshúil aici. Ansin áfach chrom sí ar chuntas a thabhairt ar a raibh idir lámhaibh ag Naima, agus tháinig iontas ar an mbleachtaire chomh beoga bíogúil is a d'éirigh sí agus í ag míniú dósan cén cineál teicníocht a bhí i gceist ag Naima. Díograis saghas páistiúil a bhí ann, sa dea-chiall, agus ba thógálach an díograis í.

"D'iarr Naima orm teacht ar thionscnamh an taispeántais. An dtiocfaidh tú liomsa?" a d'fhiafraigh Traud.

"Tiocfad muise," arsa Makar. "Chuir mé féin an-suim sa ghrianghrafadóireacht nuair a bhí mé i mo bhrín óg. Sin ceann de na rudaí a chuir i dtreo na slí beatha seo mé, le fírinne. Nuair a bhímisne ag súgradh amuigh, is é sin, mise agus na buachaillí eile ón gcomharsanacht, ba mhinic dúinn bheith inár mbleachtairí. Bhí ceamaraí simplí againn, le fírinne ní raibh iontu ach bréagáin, ach d'fhéadfá fíor-ghrianghraif a thógáil leo, agus ba chuid den chluiche bleachtaireachta fótagraif a dhéanamh de 'láithreán na coire', tá a fhios agat. Nuair a bhí mé i mo dhéagóir, chaith mé samhradh amháin ag sclábhaíocht le ceamara daor a cheannach, ceamara córais a bhféadfá malairt lionsa a chur air, lionsa teileafótach, féithlionsa, lionsa leathanuilleach, bain do rogha astu. Ansin ghlac mé páirt sna comórtais ghrian-ghrafadóireachta do dhaoine óga, agus bhain mé cúpla craobh, fiú."

"Cén fáth ar éirigh tú as, mar sin?" a d'fhiafraigh Traud. Anois ba ise a bhí breá sásta leis an dóigh ar tháinig dúchas an bhuachalla bhig chun solais nuair a d'inis Makar faoi laethanta a óige.

"Níor éirigh mé as, le fírinne," arsa Makar. "Níl ann ach go bhfuil mé traidhfilín as cleachtadh. Tá an ceamara sin agam i gcónaí. Ach an bhfuil a fhios agat, theastódh scannán uaim le pictiúir a thógáil leis. Ní ceann de cheamaraí digiteacha an lae inniu é." Rinne sé sos. "Bhí an-bhród orm nuair a d'éirigh liom ceann chomh breá leis a cheannach sa deireadh, ach go gairid ina dhiaidh sin tháinig na cinn digiteacha. Agus ar bhealach ba chuid den tsult é do scannán féin a réaladh sa seomra dorcha."

Chomh deas leis, a shíl Traud.

5
I Seomra na Meaisíní

Bhí monarcha Algieda Plastics suite ar imeall Kesitu, faoi scáth na gcrann ard agus na dtor flúirseach. Cé gurbh é an foirgneamh seo a thug an chéad inspioráid di, níor thóg Naima oiread is aon phictiúr amháin den áit le haghaidh a tionscadail. Bhí cúis shimplí leis sin. Bhí Algieda Plastics, an gnólacht ar leis an mhonarcha, ag streachailt le fiacha le giota maith ama anuas, agus chuaigh sé i mbá ar fad faoi dheireadh an tsamhraidh. Na soilse ar chuir cailín na súl géar spéis agus sonrú iontu, múchadh iad cheal airgid, agus thit dorchadas na dúlaíochta anuas ar an áit go sciobtha. Nuair a thosaigh mí na Nollag, b'fhurasta a cheapadh go raibh an foirgneamh féin imithe de dhroim an domhain. Bhí glas ar crochadh den gheata os comhair na monarchan, agus fógra in aice leis:

FOIRGNEAMH MONARCHAN LE TABHAIRT
AR CÍOS!

MÁS SUIM LEAT AN ÁIT SEO, TÉIGH I
dTEAGMHÁIL LE COIMIRCEOIR AN EASTÁT

Tine sa Chácóin

CLISIÚNAIS EBERHARD METZGER, DLÍODÓIRÍ
METZGER AGUS A CHLANN MHAC, 84 SRÁID
KRISTOP RUTI, 01-479 MOLOPEA-VERSKA,
eberhard@metzger.co.cj,
http://www.metzger.co.cj/cacoinis

Bhí an teachtaireacht chéanna le léamh ansin i
dteanga bhinn Goethe agus Schiller chomh maith, ós
seanteaghlach Gearmánach de chuid na príomh-
chathrach a bhí i muintir Metzger:

FABRIKSGEBÄUDE ZU VERMIETEN!
INTERESSENTEN BITTE MIT
INSOLVENZVERWALTER EBERHARD METZGER
IN VERBINDUNG TRETEN, ANWÄLTE
METZGER & SÖHNE, KRISTOP-RUTI-STRASSE
84, 01-479 MOLLENHAUPT-FERSCHEN,
eberhard@metzger.co.cj,
http://www.metzger.co.cj/deutsch

Bhí clú agus cáil ar mhuintir Metzger mar dhlíodóirí
seanbhunaithe iontaofa i Molopea leis na glúnta anuas.
Dá bharr sin, ba é ba bhrí le "Metzger" ná "dlíodóir" i
mbéarlagair na cathrach sa dá theanga, rud a chuireadh
na cuairteoirí ó Dheisceart na Gearmáine sna trithí
gáire, nó is éard is ciall leis an bhfocal ina gcanúint siúd
ná "búistéir". Má tháinig aon duine de thógáil na háite
i gcóngar don mhonarcha i rith an fhómhair nó an
gheimhridh, níor chuir an fógra iontas ar bith air. Bhí
an gnólacht bancbhriste, rud a bhí le léamh ar
nuachtáin na príomhchathrach tamall beag ó sin.
Ansin, chaithfí sócmhainní an ghnólachta sin a réadú,

agus cé eile a ghlacfadh an obair sin air féin ach duine de mhuintir Metzger? Chaith fearthainn an fhómhair a seal féin ag lascadh phéint an fhógra, agus rinneadh "BERHARD" den ainm sin "EBERHARD" sa leagan Cácóinise den teachtaireacht, nó chuaigh an chéad litir san ainm ar iarraidh faoi bhrú na síne is na síorbháistí. Ansin, tháinig síobadh sneachta an gheimhridh, agus uaireanta níor léir ar aon nós ainm ná sloinne an dlíodóra a bhí ag tabhairt aire d'eastát clisiúnais Algieda Plastics.

Le teacht an earraigh, áfach, d'imigh an fógra agus tháinig glas nua ar an ngeata, chomh maith le slabhraí troma iarainn. De réir dealraimh bhí duine éigin tar éis an áit a fháil ar cíos, agus níor theastaigh cuairteoirí gan choinne uaidh. Chonacthas lampaí lasta taobh istigh den mhonarcha, agus daoine ina suí ag ríomhairí ag clóscríobh leo faoi dheifir. Bhí na crainn solais ag soilsiú thimpeallacht na monarchan freisin, ach ní bhíodh aon duine ag obair amuigh ansin ná fiú ag fálróid leis thart ar an áit. Ní raibh leoraithe ag teacht ná ag imeacht le hamhábhar a sholáthar don mhonarcha nó le tráchtearraí a ghlacadh. Ba dhual duit an tátal a bhaint as ná nach raibh déantúsaíocht ar bith ar siúl san áit.

Uaireanta áfach d'fheicfeá fir óga ag teacht a fhad leis an ngeata. Stadfadh stócach acu ansin, óganach nach raibh cuma an oibrí air ar aon nós. A mhalairt ar fad shílfeá nach raibh oiread is bang sclábhaíochta déanta ag aon duine acu seo riamh. Ba iad an ríomhaire agus an tIdirlíon a bhfor is a bhfónamh ar an saol seo, de réir dhealraimh. Chaithfeadh an fear óg tamall ina

sheasamh ansin, agus é ag méaradradh ar a ghuthán
póca le gearrtheachtaireacht a sheoladh. I gceann
tamaillín thiocfadh seangaire óg eile ina araicis leis an
nglas agus na slabhraí a bhaint den gheata. Ansin
dhúnfaidís ina ndiaidh arís é. Ní chluinfeá ag déanamh
comhrá iad. Ar bhealach shílfeá gur taibhsí nó róbait a
bhí iontu. Chloisfeá an grean á mheilt faoi shála a
mbróg agus iad ag trasnú chlós na monarchan faoi
lampaí na gcrann solais.

Nuair a chuaigh na stócaigh isteach, is éard a fuair
siad rompu ná seomraí a bhí beo le gníomhaíocht agus
a lán daoine ag obair iontu, ach más amhlaidh féin, ní
raibh ainm ná ciall na gníomhaíochta le feiceáil in aon
áit. Ní raibh mórán ar siúl i halla déantúsaíochta na
monarchan, nó bhí meaisíní plaistigh an ghnólachta
dhócmhainnigh díolta ag an eastát clisiúnais cheana
féin, agus ba é an t-aon rud a bhí ansin ná scuaine
ríomhairí agus iad ag dordán leo go híseal i lár an
urláir. An té a chaithfeadh súil shaineolach orthu thuig-
feadh sé ar an toirt gur freastalaithe Idirlín a bhí iontu.
Uaireanta thagadh duine de na saoithíní óga seanga
anseo lena sheiceáil go raibh gach aon mheaisín acu ag
obair mar ba chóir. An chuid ba mhó den am ní bhíodh
duine ná deoraí le feiceáil ina dtimpeall.

Cé go raibh na hoifigí sa chuid eile den mhonarcha
gnóthach go maith, ní raibh ainm ná aitheantas ar aon
doras. Nuair a bhí Algieda Plastics ag obair go fóill,
agus an mhais leáite phlaistigh ag brúchtadh amach as
na heasbhrúiteoirí i halla déantúsaíochta na monar-
chan, bhí pláta néata greamaithe de gach doras le
hainm is céim an duine istigh a chur in iúl. Anois bhí
na plátaí sin imithe chomh maith leis an ngnólacht

plaistigh féin, ach níor tháinig cinn nua ina n-áit. D'aithneofá lorg na seanphlátaí ar na doirse i gcónaí, chomh maith le poill na scriúnna.

Na daoine a raibh an áit sealbhaithe acu anois, ní plaisteach a bhí siad a tháirgeadh ach fearg, fuath, faitíos agus fanaiceachas. Bhí na tráchtearraí sin ag dul ar fud an domhain tríd na freastalaithe i halla na monarchan. Ní raibh long ná leoraí de dhíth le haghaidh scaipeacháin.

Bhí na fir óga ag scimeáil an Idirlín go géarshúileach agus iad ag iarraidh teacht ar léaspairtí eolais nó giobóga nuachta a mbeadh maith éigin iontu le Muslamaigh, le Gormaigh nó le heachtrannaigh de chineál éigin eile a chlúmhilleadh. Nuair a tháinig duine acu ar a leithéid, ní raibh moill ar bith air an blúire sin a chóipeáil agus a ghreamú d'fhóraim chomhrá na nuachtán ba mhó sa Chácóin. Ar ndóigh, chuireadh na stócaigh a gcasadh féin ar an ábhar. Má bhí nuacht ann faoi chailín a éigníodh, chuir na buachaillí seo ar fáil é ar gach aon leathanach comhrá sa Chácóin, agus iad tar éis cúpla abairt a chur leis ag tabhairt le fios gur Muslamach nó Gormach a rinne é. Ar ndóigh chreidfí é. Aon duine a rachadh ar lorg tuilleadh eolais faoin eachtra, agus é ag iarraidh na bréaga a bhréagnú, ní chuirfí sonrú ina chuid focal.

Sin é an cineál oibre a bhí idir lámhaibh ag Mikal Mutekan, duine de na fir óga a thagadh anseo gach lá. Buachaill cúthail cotúil a bhí ann nár cheadaigh a chritheagla dó ceiliúr grá ná craicinn a chur ar chailín ar bith riamh. Thairis sin, áfach, níor thaitin na girseacha leis i gceart, nuair a tháinig an crú ar an tairne. Is é sin, ba mhaith leis oíche a chaitheamh le bean acu, ná samhlaigh a mhalairt, ach sin a raibh ann dáiríre. Nó bhí dímheas aige ar na hógmhná go léir. Ní raibh ar a n-airdsean, dar leis, ach na héadaí, gnó na siamsaíochta, na popamhránaithe agus rudaí neafaiseacha neamhthábhachtacha eile. É féin áfach, dhearscnaigh sé thar an gcuid eile dá rang sa mhatamaitic, agus ón lá a chuaigh sé ar scoil an chéad uair bhí na múinteoirí á mholadh agus ag áitiú go raibh comhábhair an eolaí mhóir ann. Ní bhacfadh a leithéidsean le cúrsaí siamsaíochta muise.

Nuair a chuala sé an chéad iomrá ar Berto Kaltepon, níor thóg sé móran ama air grá a chroí a thabhairt don fhear seo. Eolaí ceart a bhí ann a raibh a inchinn ag obair chomh cruinn leis an ríomhaire, nó chomh cruinn le hinchinn Mhikal féin. Bhuel ar ndóigh d'admhaigh Kaltepon féin nach raibh aon chur amach aige ar an matamaitic ná ar na heolaíochtaí cruinne, nó ba iad na teangacha marbha ab ábhar taighde dó. Mar sin féin, eolaí a bhí ann, fear a raibh dintiúirí ón ollscoil aige, agus é in ann craiceann na heolaíochta a chur ar a chuid tuairimí. Nuair a dúirt Kaltepon gurbh iad na Gormaigh cine na n-íochtarán nach bhféadfadh leibhéal an chine ghil a bhaint amach choíche, chaithfí aird a thabhairt ar a chuid focal, ós eolaí ollscoile a bhí ann, dar le Mikal. Ní ligfeadh eolaí go gcuirfeadh a chuid mothúchán an fhírinne as a riocht, a shíl Mikal. Na mná a bhí ag múineadh bitheolaíochta ar scoil, ní raibh iontusan ach Cumannaigh agus Glasaigh (b'ionann an dá rud dar le Kaltepon, agus aigesean a bhí fios gach gnó), agus iad ag áitiú nach raibh ciníocha daonna éagsúla ann. Ar ndóigh bhí a fhios acu go raibh, nó bhí sé tuigthe ag gach uile dhuine réasúnta go raibh na

I Seomra na Meaisíní

Geala ní ba chliste ná na Gormaigh. Bhí eagla ar na múinteoirí an méid sin a admháil. Ní raibh eagla ar Kaltepon, áfach. Bhí sé de mhisneach aige a rá go hoscailte go raibh na Gormaigh difriúil ar fad leis na Geala, go raibh siad ar bheagán céille, agus gurbh é sin breithiúnas na n-eolaithe réasúnta.

"Bheadh sé go deas ar fad," arsa Kaltepon i gceann de na blagmhíreanna, "dá mbeadh an Sómáileach úd atá ag baint taca as an mballa amuigh ansin chomh cliste liom féin. Ach níl. Bheadh sé go deas, dá mbeadh, ach ní mar sin atá, cé go mbíonn na mná saonta sóntacha ag áitiú a mhalairt ar na daoine, ó nach ligeann a maoithniúlacht dóibh leor a ghabháil leis an bhfírinne." A leithéid d'fhear eolach réasúnta tuisceanach a bhí ann! Bhí na focail sin scríofa ag Mikal ar dhuilleog páipéir agus í ar an deasc aige in aice lena ríomhaire.

Ach anois, bhí Kaltepon marbh! Ar ndóigh taibhsíodh don fhear féin roimh ré go raibh a leithéid ar na bacáin, agus ba é sin an rud a shíl Mikal chomh maith. Ba léir go gcaithfeadh na Glasaigh is na Cumannaigh ridire an chine ghil a dhúnmharú as fuil fhuar, ó nach raibh siad in ann a chuid argóintí eolacha eolaíochtúla a bhréagnú.

Níor náir le Mikal a admháil, nuair a maraíodh Kaltepon, gur chaith sé an lá go léir ag gol, cé gur fear fásta a bhí ann a bheag nó a mhór. Shíl sé go raibh an ghrian féin múchta anois, agus an tsíoroíche ag titim anuas ar an saol. Ar ámharaí an tsaoil bhí sé ag obair le píosa maith anuas do Nestor Pontapea—Nestor a bhí sásta é a fhostú sa lárionad rúnda seo—agus nuair a bhí Kaltepon tar éis bháis, d'áitigh Nestor ar an bhfoireann iomlán gurbh éard a bhí idir lámhaibh acu ná leanúint d'obair Berto le léaró deireanach an dóchais a choinneáil beo i gcroí na nGeal. Cá raibh an t-airgead ag teacht a bhí de dhíth le Mikal agus na stócaigh eile a fhostú? Ba chuma. Bhí Mikal ar coipeadh le teann buíochais. Bhí sé ag saothrú airgid ag déanamh an rud ab ansa leis—ag spreagadh an chine ghil chun cath a chur ar an namhaid.

Ní hea nach raibh a dhath ag déanamh buartha do Mhikal áfach. Bhí a fhios aige go raibh na Cumannaigh agus na Glasaigh ar fud na háite, agus mar sin ní fhéadfá a bheith i muinín aon duine taobh amuigh den fhoirgneamh seo.

Thairis sin bhí daoine de lucht leanúna na Gluaiseachta Glórmhaire seo—mar a thugaidís orthu féin— bhí daoine de chosantóirí an chine ghil tar éis dul thar fóir i gcruth is gur chuir siad todhchaí na gluaiseachta go léir i gcontúirt. Bhain sé stangadh as Mikal a fháil amach gur shealbhaigh Samael Tompar agus a chuid cúlaistíní, an dream tintrí sin—gur shealbhaigh siad ospidéal na nGearmánach agus gur tharraing siad na póilíní speisialta anuas orthu féin mar sin. Ar ndóigh chaithfeadh an Ghluaiseacht Ghlórmhar éirí amach in aghaidh na gCumannach, na nGlasach, na nGearmánach is na nGormach an lá ab fhaide anonn, ach bheadh sé riachtanach pleananna ciallmhara cogaidh a oibriú amach roimh lá mór na ceannairce. Rinne drong Tompar driopás den oibríocht go huile is go hiomlán.

Ní hionann sin is a rá nach bhféadfá úsáid a bhaint as imeachtaí an ospidéil Ghearmánaigh sa bholscaireacht, ar ndóigh. Mar a dúirt Nestor Pontapea leis, ba mhaith an rud é go raibh mairtírigh ag an nGluaiseacht

Ghlórmhar anois, fir a bhí tar éis a n-anam a íobairt ar son chúis uasal an chine.

I ndiaidh gach lá oibre i monarcha an fhuatha d'fhilleadh Mikal abhaile, agus a mháthair ag gléasadh suipéir lena aghaidh. Bean stuama staidéartha a bhí inti, agus í dianbharúlach gur chóir dá mac éirí as an tseafóid chiníochais agus dul ar lorg caidrimh chirt le daoine óga eile, "agus dá mbeadh cailín gorm, buí nó fiú uaine abhaile leat an chéad uair riamh, d'fhearfainn fíorchaoin fáilte roimpise, ná creid a mhalairt". Bhí a fhios aici, a bheag nó a mhór, cén fáth go bunúsach a raibh Mikal ag dul le ciníochas, agus ós bean a bhí inti féin, thuig sí go rímhaith cad é a leigheasfadh é. Is é an t-aon rud nár thuig sí chomh fíochmhar is a bhí a mac ag cur in aghaidh an leighis sin.

Nuair a chuala Pireta Mutekan go bhfuair a mac jab mar "chomhairleoir ríomhairí" i ngnólacht nua, bhí áthas uirthi go raibh rud fónta éigin idir chamánaibh ag an stócach. Ba chóir do Mhikal bheith ag freastal ar chúrsa ollscoile cheana féin, ach ní raibh, ó theip air sna scrúduithe iontrála. Ní raibh a dhóthain Gearmáinise aige, nó rinne sé neamhshuim den teanga ar scoil riamh, agus nuair a mhol a mháthair dó staidéar breise a dhéanamh uirthi ar mhaithe lena thodhchaí, níor thug sé d'fhreagra ach a sheanfhastaoim faoin dóigh a raibh Gearmánaigh na Cácóine ag iompórtáil Gormaigh agus Muslamaigh leis an ruaig a chur ar ghlanchine na gCácónach. Nuair a chuaigh an buachaill ag obair don chomhlacht, ba faoiseamh don mháthair é, nó shíl sí go raibh Mikal chun teacht i dteagmháil le fíordhaoine, ionas go bhfoghlaimeodh sé scileanna caidrimh. Níor taibhsíodh di nach raibh i gceist leis an ngnólacht ach bréagriocht do scéim bolscaireachta Nestor Pontapea.

An tráthnóna áirithe sin d'fhág Mikal slán ag an monarcha mar ba ghnách leis. Nuair a bhí sé ag déanamh a bhealaigh tríd an gcoill bheag idir Kesitu agus an chuid eile den chathair chonaic sé chuige go tobann fear mór millteanach muscalach mascalach mórmhatánach a raibh aithne an tsíorbhruíonachais ar a cheannaithe. Bhain cosúlacht an fhathaigh scanradh as, agus nuair a tuigeadh dó go raibh an t-arrachtach i ndiaidh suim agus sonrú a chur ann féin mhothaigh sé greim tachtach na heagla ag dochtú ar a mhuineál.

"An bhfuil dhá eoró agat, a fheileacáin," a d'fhiafraigh an fear suaithní.

Cé go raibh Mikal sách dall ar nósanna an tsaoil mhóir, bhí an oiread céille aige do dhlí na sráide is gur thuig sé nach raibh sa méid sin ach siocair le hé a ionsaí. Chomh scanraithe is a bhí sé ní fhéadfadh sé géag a bhogadh. Ba léir nach raibh de shaighdiúireacht ann troid cheart a chur ar a shon, ach ní raibh sé in ann éalú leis ach chomh beag. Dá mbeadh, bheadh sé ag teitheadh lena anam cheana féin.

Nuair a tháinig an chéad bhuille, fáisceadh an t-aer as scamhóga an bhuachalla, agus é ar tí titim as a sheasamh. Bhí an fathach chomh cóngarach anois is gur aithin Mikal boladh borb bréan na biotáille as. B'fhéidir go raibh an ruifíneach chomh hólta is nach nglacfadh sé féin mórán buillí gan titim, ach, le teann na heagla a bhí air, is é an t-aon tátal a bhí Mikal ábalta a bhaint as análú alcólach an ionsaitheora ná go raibh sé i ndiaidh gach stuaim a chailleadh chomh trom ar meisce is a bhí sé, agus nach sílfeadh sé a dhath de dá maródh sé an stócach.

Leis an dara buille mhothaigh Mikal pian mhillteanach ar fud a cholainne, agus ba dóigh leis go raibh cnámh éigin briste ann cheana féin.

"Tarrtháil!" a scairt sé.

6
Na Samairítigh

Bhí Abdi agus Musa díreach ag filleadh ón gclub sacair nuair a chuala siad guth fir óig ag glaoch ar chabhair. D'aithin siad glór piachánach an druncaire ag freagairt go tarcaisneach, agus ní raibh siad i bhfad ag tuiscint cad é a bhí ar siúl amuigh ansin.

"Cogar, a Mhusa," arsa Abdi, "tá duine éigin i gcruachás thall ansin. Caithfidh muid dul chun fortachta dó."

Ba é Abdi an duine ba mhisniúla acu, agus é araiciseach chun gnímh má bhí cabhair ag teastáil ó dhuine éigin.

"An bhfuil tú cinnte go bhfuil sé ciallmhar?" arsa Musa. "Is féidir go bhfuil coirpeach dainséarach ann, nó tuilleadh acu. Ní maith liom an piachán sin." Buachaill cineál cúthail ab ea Musa, agus eagla air roimh an bhfaobhar ar ghuth na ndruncairí, nó nuair a bhí sé trí bliana d'aois, d'ionsaigh triúr fear Cácónach an bloc árasán ina raibh cónaí ar a mhuintir. Má chuala sé guth den chineál sin inniu féin, tháinig macalla éigin ó imeachtaí na hoíche úd ar a intinn arís, cé gur lúithnire láidir a bhí ann inniu agus é in ann cur ar a shon.

D'fhan Abdi ina thost ar feadh tamaill, ach ansin dúirt sé:

"Caithfidh muid dul sa seans pé scéal é."

Agus ansin ní raibh de rogha ag Musa ach a chara a leanúint, nó i ndiaidh an iomláin bhí an-mheas aige ar Abdi toisc go raibh sé in ann cinneadh a ghlacadh agus cloí leis.

Nuair a tháinig siad a fhad le háit na n-imeachtaí, chonaic siad go raibh stócach óg ag iarraidh taca a bhaint as crann beag, agus fear mór ar mire ar fad á bhualadh. Doirneálaí ar an drabhlás, sin é mar a chuaigh an fear i bhfeidhm ar Abdi agus ar Mhusa, nó tógálaí meáchain b'fhéidir.

"Tarrtháil!" a scairt an buachaill bocht arís, agus a ghlór ag teip air le teann péine agus eagla.

"Ná bíodh faitíos ort, tá tarrtháil ag teacht!" a d'fhreagair Abdi, agus ó bhí guth soiléir suaimhneach aige, thug sé misneach do Mhikal agus bhain sé an oiread céanna den ionsaitheoir.

Thosaigh Abdi agus Musa ag léimnigh agus ag preabarnaigh timpeall an bhithiúnaigh ag iarraidh é a mhealladh chun troda, ach nuair a d'fhéach sé le duine acu a bhualadh, ní bhfuair sé ach aer folamh roimh a dhorn, agus na stócaigh i bhfad róluath, rólúfar ag gluaiseacht uaidh. Chomh dona is a bhí sé ar meisce ní raibh sé in ann a chothromaíocht a choinneáil, agus sa deireadh thit sé ina ghillire de phlimp mhór.

Ansin chaith Abdi súil ar an mbuachaill. Bhí Mikal buailte go dona, agus é chomh fuilteach is gur bhain a chosúlacht stangadh as an mbeirt eile. Ba léir go raibh turas otharlainne de dhíth air. Rinne Abdi a dhicheall gan a ligean air chomh scanraithe is a bhí sé ag an radharc agus rug sé ar a ghuthán póca le haláram a chur ar na póilíní agus ar an otharcharr.

Conas a bhí Mikal, mar sin?

Tháinig na deora leis, agus mhothaigh sé é féin náirithe ar fad. Nuair a thug Musa faoi deara go raibh Mikal ag gol, ghlac sé trua leis, nó ba chuimhin leis arís an tachrán beag a bhí ann féin lá, an tachrán beag a chonaic fir mhóra mhíofara ag teacht isteach de rúchladh agus iad ag caitheamh maslaí uathu is ag tabhairt ainmneacha gránna ar a mháthair. Bhí na fir sin cosúil go maith leis an arrachtach a bhí in éis Mikal a threascairt. Labhair Musa go stuama le Mikal:

"Tá an-bhrón orainn nach bhfuil ciall ag ceachtar againn don gharchabhair. An bhfuil tú i do dhúiseacht? An bhfuil tú in ann mé a thuiscint?"

"Tá..." a d'fhreagair Mikal trína chuid deor.

"Glac go réidh é anois. Tá an t-otharcharr agus na póilíní ag teacht. Ghlaoigh Abdi orthu...Abdi is ainm do mo chara, agus is mise Musa. Cad is ainm duit féin?"

"Mikal..." a d'fhreagair Mikal. "Mikal Mutekan."

Mhair Musa ag déanamh comhrá le Mikal mar sin go dtí gur tháinig na póilíní. Maidir leis an meisceoir, bhí sé tostach go leor, cé gur chualathas an corrmhasla uaidh ó am go ham. Níor bhaol dó muis! Bhí sórt neirbhís ar na stócaigh shacair roimh na póilíní ar dtús, nó bhí a fhios acu ó chúpla teagmháil a bhí acu le lucht an dlí roimhe seo nach raibh siad siúd saor ón gciníochas ná ó na gnáth-réamhbhreithiúnais i leith na Sómáileach. Nuair a chonaic siad an bheirt chonstáblaí chucu, áfach, d'aithin siad fear acu, agus las aghaidh an phóilín féin suas nuair a fuair sé radharc ceart ar na stócaigh. Ba é an Constábla Karol Koperlun é, agus nuair nach raibh sé ag póilíniú na sráideanna i Molopea, bhí sé ag iarraidh cleasaíocht imeartha, cothrom

Féinne agus iompraíocht shibhialta a mhúineadh do na daoine óga sa chlub sacair. Mar sin, bhí aithne mhaith aige ar na buachaillí seo, agus muinín aige astu.

Ní raibh na póilíní i bhfad ag baint na céille cirte as na himeachtaí, agus sular tugadh Mikal ón áit ar bhord an otharchairr, bhí sé ábalta a rá gur tháinig Abdi agus Musa chun cabhrach dó nuair ba mhó a theastaigh siad uaidh, agus go raibh sé cinnte go n-inseoidís an fhírinne. Maidir leis an bhfear a d'ionsaigh Mikal bocht, ní raibh Koperlun i bhfad á aithint: Antono Hulam a bhí air, agus díreach mar a taibhsíodh d'Abdi, seandornálaí a bhí ann a thug taitneamh thar an gceart don bhiotáille i ndiaidh dó éirí as an lúithnireacht. Níorbh é seo an chéad uair a thug sé ruathar faoi ógánach a raibh cuma an intleachtóra air, nó bhí col glactha lena leithéidí aige le fada an lá.

Ba é an t-aon rud a chuir iontas ar Mhusa, ar Abdi agus ar na póilíní féin araon ná an náire a bhí ar Mhikal, de réir dealraimh, i ndiaidh na heachtra. Ag Antono Hulam ba mhó a bhí cúis le náire, nó bhí sé tar éis duine neamhurchóideach a threascairt nach raibh in ann aige ná geall leis.

Cé gur fhág an t-ionsaí cuma thar a bheith uafásach ar Mhikal, níor thóg sé oiread is seachtain air biseach a fháil, a fhad is a bhí a cholainn i gceist. Ba é an t-anam ba mhó a bhí trí chéile. Bhí lucht leanúna Kaltepon agus Phontapea ag síoráitiú ar a chéile go raibh "an cine gorm" sáite i gcoirpeachas, go raibh "na Gormaigh" ag cur "chogadh na sibhialtachtaí" ar an "gcine geal," nach raibh sna Muslamaigh ach fanaicigh agus nach raibh ar aird aon duine acu ach an dóigh ab fhearr le lucht an díchreidimh a mharú. Na buachaillí seo, áfach, níor choisc an reiligiún ó imirt an tsacair iad, de réir dealraimh. Agus tháinig siad ag cuidiú leis nuair a bhí an ruifíneach mallaithe sin ag tabhairt bogmharú dó.

Maidir leis na buachaillí eile a bhí ag obair do Phontapea, cé gurbh iad na chéad chairde a casadh air riamh, níor tháinig aon duine acu ar cuairt chuige oiread is aon turas amháin. B'ionann is go mbeadh sé tar éis bháis, a fhad is a bhí an dream sin i gceist. Bhuel ní ba mheasa fós dáiríre. Dá bhfaighfeá bás thiocfadh do chuid cairde do do thórramh, do do chomóradh ar an tsochraid.

Tar éis dó cúpla lá a chur de san ospidéal fuair Mikal an chéad chuairteoir, murar cuireadh a mháthair san áireamh. Ba é an Constábla Koperlun é, nó theastaigh uaidh ceisteanna a chur air leis an leagan deifnideach de na himeachtaí a bhreacadh síos. D'inis Mikal an scéal mar a tharla sé: an fear mire a d'ionsaigh é, an greadadh a thug sé dó agus an dóigh ar tháinig na stócaigh shacair á shábháil.

"Dála an scéil," arsa an Constábla sa deireadh, "tá aithne mhaith agam ar na buachaillí sin ó chlub an tsacair, ós rud é go mbím á dtraenáil ansin ó am go ham. Nuair a chuala siad go raibh mé ag dul do do cheistiú, dúirt siad liom an beartán seo a thabhairt chugat. Máthair Mhusa a bhácáil."

Is éard a bhí istigh sa bheartán bheag ná sórt pastaetha. Nuair a bhain Mikal greim as ceann acu, d'aithin sé blas na feola is na spíosraí, agus ba léir dó ar an toirt nárbh ionann na pastaetha seo agus farae leamh an ospidéil. Agus leis an bhfírinne a dhéanamh ní raibh a mháthair féin in ann mórán leasa a bhaint as na huirlisí cistine ach oiread, amach ón micreathonnán.

"Go deas ar fad," arsa Mikal, agus tháinig meangadh ar a bhéal. "Go raibh míle maith agat."

"Muise," a d'fhreagair an Constábla go gealgháireach. "Cuirfidh mé in iúl do na buachaillí gur thaitin siad leat."

"Cuir le do thoil," arsa an stócach.

I ndiaidh don Chonstábla imeacht leis chaith Mikal seal fada ag cogaint na bpastaetha agus ag déanamh a mharana ar a chás. Ní raibh fíorchairde aige riamh. Ar scoil dó is é an scéal a chuala sé ó na múinteoirí go minic go raibh todhchaí as an ngnáth i ndán dó chomh gleoite is a bhí an mhatamaitic, an fhisic, an cheimic agus an ríomheolaíocht ag éirí leis. Rinne sé neamh-shuim de na hábhair scoile eile ar fad, agus ba é an Béarla an t-aon teanga iasachta ar chuir sé spéis inti. Bhí fuath aige don chorpoideachas agus do na cluichí liathróide, agus é barúlach nach raibh iontu ach scéim Shádach lena leithéidí féin a chéasadh, daltaí a raibh suim acu sna hábhair chiallmhara, mar a thabharfadh sé féin orthu.

Go bunúsach bhí col aige lena raibh taobh amuigh dá dhomhnán bheag féin, agus ní raibh sé sásta strus ar bith a chur air féin le teacht i dteagmháil leis na daoine eile ná lena gcaidreamh a dhéanamh. Shíl sé nach bhféadfadh sé a dhath a fhoghlaim uathu, agus ghlac sé leis nach mbeadh fáilte ar bith roimhe ina measc pé scéal é. Ach anois tháinig chun solais go raibh daoine ann amuigh ansin agus iad ag caitheamh go cairdiúil le chéile. Má chonaic siad duine anaithnid i gcruachás dheifrigh siad chun a tharrthála. Má bhí a fhios acu go raibh sé ina luí san ospidéal thug siad bia chuige.

Má bhí daoine den chineál sin ann, b'fhearr le Mikal bheith ina dhuine acu siúd. Sin é an cinneadh a bhí glactha aige anois. D'fhágfadh sé slán ag ionad ríomhairí Phontapea.

Anois, agus a shúile déanta dó faoi dheoidh, bhí Mikal in ann a admháil nár chreid sé riamh sa tseafóid chiníochais sin go léir. Ba chuimhin leis an dóigh a mbíodh sé ag síoráitiú air féin gur chreid. San am sin féin thuig sé go maith go raibh sé in éad leo siúd a raibh cairde agus caidreamh agus caitheamh aimsire le chéile acu.

Nuair a d'fhágfadh sé an otharlann, ní fhillfeadh sé go dtí an tseanmhonarcha. Sin an rud a bhí socair aige ar a laghad, agus nuair a tháinig a mháthair ar cuairt chuige, d'inis sé di é.

"Shíl mé go raibh an obair ag taitneamh leat," arsa Maim leis. Ar ndóigh ní bhfuair sí amach riamh nach raibh i gceist leis an "obair" ach cur i gcéill, cé go raibh Pontapea ag íoc pá éigin, nó airgead póca, le Mikal.

"Ní jab ceart atá ann," arsa Mikal. "Ní obair fhónta é. Is fearr dom post ceart a fháil, nó mé féin a ullmhú go lánaimseartha le haghaidh na scrúduithe iontrála sa bhliain seo chugainn."

"An mbeidh tú sásta snas agus blas a chur ar do chuid Gearmáinise?" arsa Maim go dian.

"Bead muise," a d'fhreagair Mikal. Le fírinne bhí sórt náire air neamhshuim a dhéanamh den teanga. Nár chóir dósan, mar bhuachaill a raibh teist na héirim-iúlachta air, gach uile shórt a fhoghlaim gan dua? Agus gan aon agó bheadh Gearmáinis phaiteanta aige inniu, murach go ndearna sé siléig inti le stainc ar an múinteoir.

"Agus éireoidh tú as an truflais chiníochais sin anois," arsa an mháthair go feargach. "Múineadh do cheacht duit agus caithfidh tú aird a thabhairt air. Níl a fhios agam cad é a chuir i dtreo an chineál sin amaidí thú an chéad uair riamh. D'athair féin, ní ciníochaí ná biogóid é ach an oiread, cé nach raibh sé in ann freagracht an fhir phósta a ghlacadh air."

A athair muise, Eldar Mutekan. Fear cineálta caidreamhach a bhí ann, ach ní fhéadfadh sé freastal ar dhualgaisí an fhir chéile ná an athar, nó cé go ndearna sé a dhicheall, mheall an t-ól agus an ceol óna bhean agus óna mhac é. Shíl Mikal riamh gur chóir dó féin aer an tsaoil a sheachaint agus díriú ar an eolaíocht agus ar na ríomhairí, in áit a bheith ag déanamh pléaráca leis na daoine óga eile. Nó b'ionann a bheith amuigh ag aeraíocht agus a bheith ag déanamh aithrise ar a athair, agus ba dhrochshampla amach is amach é siúd—nár thréig sé a theaghlach? Bhuel, ní raibh Mikal cinnte an bhféadfadh sé "tréigean" a thabhairt air. B'fhearr a rá gur sheangaigh a athair uaidh de réir a chéile in imeacht na mblianta.

Ach ar ndóigh fear fial flaithiúil a bhí ann nach n-aithneodh an fear gorm ón bhfear geal. Fear íseal uasal a bhí ann agus é sásta a ghreann is a chairdeas a thál ar aon duine, ar an strainséir chomh maith le lucht a sheanaitheantais. Agus nuair a theastaigh óna mhac a léiriú nach raibh sé féin ina oidhre ar a athair ó thaobh a mheoin de, cad é a dhéanfadh sé ach aghaidh a chraois a chur air féin leis an lucht inimirce, leis na Muslamaigh agus na Gormaigh?

Tine sa Chácóin

I ndeireadh na dála fuair Mikal cead abhaile ó na dochtúirí. Mar sin féin, bhí aithne an ospidéil air i gcónaí. Cé nár briseadh aon chnámh ann, bhí malairt siúl aige anois, agus é ag déanamh a bhealaigh roimhe go cruinn cúramach, mar a bheadh a chothromaíocht ag teip air. Cé gur chaith sé an chuid ba mhó den am sa leaba gan aclaíocht ar bith a dhéanamh, agus é ag coinneáil a aghaidhe faoin mblaincéad le teann náire agus aithreachais, ní chun murtaill a thit sé agus é ag éileamh san otharlann, a mhalairt ar fad: más buachaill sách seang a bhí ann roimhe sin, ba é pictiúr an chéalacain anois é.

Bhí cuma an fheabhais ag teacht ar a shaol, áfach, nó nuair a casadh Abdi agus Musa an chéad uair eile air, bhí fíorchaoin fáilte acu roimhe díreach mar a bheadh seanchara dá gcuid ann. Nuair a chuaigh sé chun comhrá leo, tháinig chun solais go raibh siad á n-ullmhú do na scrúduithe iontrála cosúil leis féin, agus cuidiú ag teastáil uathu leis an matamaitic. Ón taobh eile de bhí Gearmáinis mhaith ag Musa, ó bhí a chailín á labhairt leis, agus eisean breá sásta cabhrú le Mikal seilbh a fháil ar an teanga in athuair.

Shocraigh an triúr buachaillí teacht le chéile i gcaifitéire na leabharlainne ar an lá anóirthear leis an tráthnóna a chaitheamh os cionn a gcuid téacsleabhar. Ag dul abhaile ón teagmháil dó bhí Mikal sona sásta lena raibh aige an chéad uair ón lá a thosaigh sé ag teacht in inmhe fir. Bhí cairde aige anois, agus ród a shaoil á réiteach roimhe go nádúrtha.

B'fhearr linn Mikal a fhágáil san áit seo, agus é ag baint suilt as a shaoirse nua agus as cuideachta na gcairde a buaileadh air nuair ba mhó a theastaigh siad

uaidh. Ach ní mar a shíltear a bhítear. Nó d'airigh
Pontapea uaidh é.

7
An Taispeántas

Nuair a osclaíodh taispeántas Naima, d'fhéadfá a rá go raibh Conall is Eoghan ann, is é sin, daoine óga a bhí cairdiúil leis an ealaíontóir féin, idir Shómáiligh, fhíor-Chácónaigh agus Ghearmánaigh Chácónacha, chomh maith le boic mhóra ó shaol na n-ealaíon agus daoine fiosracha eile. Bhí suim ag cuid mhór acu sa mhodh oibre a bhí in úsáid ag Naima, agus cuid mhaith eile bhí siad barúlach nár mhiste tacú le healaíontóir óg de ghrá an phrionsabail. Ar ndóigh bhí lucht gaoil de chuid an chailín ansin agus iad suite siúráilte gurbh í an ghirseach s'acu an t-ealaíontóir ab fhearr dár rugadh riamh, ós duine acu féin a bhí inti. Pé scéal é chuaigh na pictiúir go mór i bhfeidhm ar an tromlach acu, agus fuair Naima ardmholadh ó gach taobh.

Chaithfeadh Makar a admháil gur rud neamhghnách a bhí i gceist. D'fheicfeá an duilliúr mar chineál scamall glas timpeall ar chraobhacha loma na gcrann, ó d'imeodh sé le teacht an gheimhridh. D'aithneofá an sneachta mar néal bán ar na sráideanna, ó d'imeodh sé le teacht an earraigh. Agus maidir leis na daoine agus na gluaisteáin a bhíodh ag déanamh a mbealaigh thar bráid, ní fheicfeá díobh ach taibhsí, taibhsí a bhainfeadh geit asat...

Agus bhain!

Chonaic Makar Turkan os a chomhair Áras Königstädten, ceann de na tithe móra maisiúla a tógadh sa naoú haois déag, nuair a bhí na teaghlaigh thoiciúla Ghearmánacha ag rialú Mholopea. "Kenkistet" a rinneadh d'ainm an árais i mbéal na cosmhuintire Cácónaí, agus sin é an t-ainm a bhí ag seanbhunadh na cathrach ar an gcomharsanacht sin go léir. Le fírinne ceann de na comharsanachtaí ba deise i Molopea a bhí ann, agus iomrá ar Áras Königstädten agus ar chúpla seanfhoirgneamh eile sa cheantar as chomh cuidsúlach is a bhí siad. Níor tháinig sé aniar aduaidh ar Mhakar ar aon nós gur roghnaigh Naima an teach áirithe seo le haghaidh a cuid grianghraf.

Scéal eile ar fad ab ea é, áfach, go raibh Áras Königstädten suite lom díreach in aice leis an teach ar maraíodh Kaltepon ann. Fuair a bhean chéile an áit le hoidhreacht ó dhuine dá muintir a bhí ina mhórfhorbróir tithíochta chomh maith lena athair agus a athair siúd. An duine a mharaigh Kaltepon, mura ndéanfadh sé a bhealach thar na claíocha agus i measc na dtor, chaithfeadh sé rith thart le hÁras Königstädten, agus é ag éalú ó láthair a choire...

"Cad é atá ag luí ort?" a d'fhiafraigh Traud go tobann. "Tá tú chomh bán le marbhán."

"Áras Königstädten," arsa Makar. "An bhfuil a fhios agat cén teach atá taobh thiar d'Áras Königstädten?"

Phointeáil Makar a mhéar ar an gcuid bheag de bhalla theach Kaltepon a bhí le haithint sa phictiúr. Chaith Traud tamall ag déanamh a staidéir ar an ngrianghraf go dtí gur thuig sí an rud a bhí Makar a mhaíomh.

"Muise, nach é sin teach Kaltepon?"

"Sin é é. Tá teach Kaltepon suite faoi scáth Áras Königstädten. Agus féach an dóigh a bhfuil an tsráid suite ansin. Tá teach mo dhuine dingthe idir Coilleog Graustein agus Áras Königstädten, agus dá rachadh an dúnmharfóir tríd an gcoilleog chaithfeadh sé streachailt leis tríd an gcaschoill agus treaspás a dhéanamh ar ghairdíní príobháideacha timpeall ansin, rud nár tháinig aon chomhartha de chun solais nuair a rinne muid ár dtaighde ar an áit."

Anois, fágadh Traud féin ina stangaire ar feadh tamaill. "Mar sin, má bhí Naima ag tarraingt bun-phictiúr le haghaidh an tsaothair seo nuair a maraíodh Kaltepon—"

"Tá seans éigin ann go bhfuil an dúnmharfóir le feiceáil sna bunphictiúir!" arsa Makar ag baint deireadh na habairte de bhéal an chailín.

A thúisce is a bhí an abairt críochnaithe ag an mbleachtaire chuaigh siad ar lorg Naima. Nuair a tháinig siad uirthi, bhí sí díreach ag fágáil slán ag iriseoir éigin i ndiaidh di dul faoi agallamh aige. D'éist sí go tostach smaointiúil le Makar agus é ag míniú a ghnó di, agus sa deireadh bhí sí breá sásta cabhrú leis. Ní fhéadfá a rá gur chrothnaigh sí Kaltepon uaithi, mar a dúirt sí, agus le fírinne bhí a croí sáite chomh domhain ina cuid ealaíontóireachta is nár thug sí mórán aird ar shaol na polaitíochta sa Chácóin. Mar sin féin thuig sí gurbh é an rogha ab fhearr ná an fhírinne a nochtadh faoi pé duine a mharaigh Kaltepon. Gheall sí do Mhakar na bunphictiúir bhainteacha a thaispeáint dó agus cóipeanna díobh a sheoladh chuig na póilíní.

Bhí Makar i bpianpháis ar fad a raibh fágtha d'ócáid oscailte an taispeántais. Thairis sin chaill sé radharc ar Naima go ceann i bhfad, ó bhí agallóirí éagsúla ag teacht agus ag imeacht le ceisteanna a chur uirthi. Agus ar ndóigh bhí daoine eile ann agus iad ag iarraidh a gcuid féin a bhaint as an bpearsantacht phoiblí. Sa deireadh áfach tháinig sí as measc na gcuairteoirí agus thug sí Makar agus Traud léi go dtí an stiúideó.

Chrom Naima síos ar a ríomhaire agus chuir sí diosca isteach sa tiomáint. Ansin, tháinig an radharc timpeall Áras Königstädten ar an scáileán, agus chonaic Makar ag athrú é, mar a bheadh an t-am ag géarú a luais i dtreo na héigríche: tháinig dath rua i nduilliúr na gcrann, agus an talamh féin ag cur dathanna de. Ansin nocht an chéad ultach sneachta ar na craobhacha. Bhí dáta tarraingthe an phictiúir sa taispeáint ag teannadh isteach le lá maraithe Kaltepon go géar gasta. Nuair nach raibh ach dhá lá fágtha d'ardaigh Makar lámh agus chomharthaigh sé do Naima stopadh.

"Fan tamall, a Naima. Tá muid an-chóngarach anois..."

Agus ansin bhí pictiúr an lae chirt ann. Bhí a gnáth-áit féin ag Naima sa log idir dhá crann móra ar thaobh na sráide, ionas go bhféadfadh sí na pictiúir a thógáil sa pheirspictíocht chéanna agus ar an uillinn chéanna gach uair dá dtiocfadh sí. Lá maraithe Kaltepon, bhí an samhradh ag teacht cheana féin, agus an duilliúr saibhir os cionn Naima nuair a rinne sí a cuid oibre. Mar sin, ní chuirfeadh an murdaróir sonrú inti ach ar éigean, cé go raibh culaith ildaite a muintire uirthi.

Tine sa Chácóin

Agus cé nach dtagadh sí anseo ach uair in aghaidh dhá nó trí lá, ag brath ar an aimsir, bhí a leithéid de dhearg-ádh le Makar go raibh Naima os comhair Áras Königstädten le bodhránacht na maidine, an lá ar sháigh an murdaróir a bhaignéad trom trí chroí Kaltepon.

Cinnte le Dia bhí fear le feiceáil ansin. Ní raibh sé go rómhaith i bhfócas, ós ar an Áras a bhí aird Naima. Bhí sé ag gluaiseacht go gasta, d'fhéadfá a rá go raibh sé idir shiúl agus reathaíocht. Thairis sin, bhí rud caol ar iompar aige. Rud éigin a bhí ag breathnú iontach cosúil le scian mhór nó baignéad.

Is é sin, an gléas féin a mharaigh Kaltepon.

Ós grianghrafadóir oilte a bhí i Naima cheana féin, níor ghabh sí leor le haon phictiúr amháin ó aon ócáid amháin. Ba é seo ré na gceamaraí digiteacha, agus ní chaithfeá scannán a sparáil. Thóg sí sraith iomlán, agus mar sin, bhí an fear anaithnid le feiceáil i gceithre phictiúr ar fad.

Mhothaigh Makar a chroí ag géarú ar a bhuille, agus nuair a chaith sé súil ar na cailíní, d'aithin sé gur bhain siad an tátal céanna as teimheal an fhir: ba é an murdaróir é.

An lá arna mhárach bhí Art-Zakar Renikan agus Makar Turkan ag déanamh a staidéir ar na pictiúir. "An chéad rud is féidir a rá," arsa Renikan, "ná nach é an Rúiseach bréige atá ansin againn. Féach an déanamh atá ar an gcolainn. Tá sé níos cosúla le duine acu siúd a chuaigh ar a seachnadh uainn go gairid i ndiaidh an ainghnímh féin. Nach é sin Nestor Pontapea, dar leat?"

An Taispeántas

B'éigean do Mhakar Turkan a admháil go raibh an ceart ag Renikan. Ní dheachaigh an aghaidh an oiread sin as a riocht is nach n-aithneofá an fear.

Ar ndóigh, ní raibh Renikan agus Turkan sásta le breithiúnas a súl féin, ach fuair siad cuidiú ó Ingria Kosken, bean de chuid na Fóiréinsice a raibh na scileanna aici le pictiúir den chineál seo a rothlú agus a ríomhleasú. Bean réasúnta óg a bhí inti—is dócha nach raibh sí ní ba sine ná tríocha bliain d'aois—agus í éadrom ar a coiscéim chomh comair is a bhí sí: ba le gealbhan nó fiú le dreoilín ba túisce a dhealrófá í. Bhí súile cairdiúla ag breathnú rompu taobh thiar de na spéaclaí troma a chaithfeadh sí, agus í fonnmhar go maith chun oibre nuair a fuair sí tasc den chineál sin. Ní raibh sí i bhfad ag fáil amach beag beann ar pé breithiúnas a bhí ag an mbeirt fhear gur dhóchúla ná a mhalairt gurbh é Nestor Pontapea a bhí ann.

Nuair a bhí siad ag filleadh ó oifig Ingria, dúirt Turkan, agus gnúis chomh smaointiúil air is a shílfeá gur leis féin ba mhó a bhí sé ag caint: "Fear cnagaosta é Pontapea cheana féin. Níl mé cinnte an mbeadh urra coirp ann le baignéad trom a shá isteach idir easnacha Kaltepon."

"Bhuel níl sé as an áireamh ar ndóigh gur beirt fhear a bhí ann," arsa Renikan. "B'fhéidir go ndearna duine acu an obair féin, agus é ag éalú a mhalairt de shlí nuair a bhí Pontapea ag teacht timpeall ar Áras Königstädten leis an scian a thabhairt leis—agus a chur i bhfolach b'fhéidir. Pé scéal é tá leid againn anseo. Tá baint éigin ag Pontapea leis an gcoir, cinnte le Dia."

"Ach dá n-éalódh an fear eile trí Choilleog Graustein, d'fhágfadh sé a lorg féin sa chaschoill agus ar na gairdíní príobháideacha. Níor tháinig muid ar a dhath ar an taobh sin."

"Níor tháinig muis. Bhuel an bhfuil baint ag aon duine d'úinéirí na dtithe sin le radacaigh na heite deise? B'fhéidir go bhfuair sé tearmann i gceann de na tithe, ionas nach gcaithfeadh sé na gairdíní go léir a thrasnú? Ansin d'fhéadfadh muintir an tí síob abhaile a thabhairt dó."

"Níl mé cinnte an bhfuil craiceann ar bith air sin, ach is dócha go gcaithfidh muid dul ar lorg na leide sin, más leid atá ann. Roimh aon rud eile, áfach, caithfidh muid a fháil amach anois cá bhfuil Pontapea, agus roimh aon rud eile póirseálfaidh muid a áit chónaithe."

Chuaigh ceal i bPontapea go gairid i ndiaidh dhúnmharú Kaltepon, agus ní fhéadfadh na póilíní a árasán a shiortáil, ó nár chuir aon duine in iúl dóibh go raibh sé á chrothnú. De réir mar a thuig an dlí an scéal, d'fhéadfadh sé a bheith amuigh ar turas fada, rud a raibh sé ina theideal, mar dhuine saor. Anois, áfach, bhí sé ina dhíol drochamhrais i ndúnmharú, scéal a d'athraigh na cúrsaí ó bhonn. Chaithfeadh an Giúistís cead cuardaigh a thabhairt do na póilíní mar sin.

Ar dtús, áfach, theastaigh ó Mhakar a úsáid féin a bhaint as a raibh faighte amach aige. Ghlaoigh sé ar Adrian Afinogenoff ar an teileafón agus shocraigh sé coinne leis.

Theagmhaigh an bleachtaire ar fhear na Státslándála i gcaifitéire Leabharlann Chuimhneacháin Karol Novial. Ba í sin an leabharlann ba mhó sa phríomhchathair, agus í ainmhithe as matamaiticeoir mór na Cácóine. Le fírinne, Karol Hakeran a bhí air ó thús, ach nuair a d'éirigh na teangacha saorga—an teanga

An Taispeántas

Esperanto thar aon cheann eile—nuair a d'éirigh siad faiseanta sa chéad leath den fhíchiú haois, chuaigh an matamaiticeoir leis an gceann ba lú ráchairt acu, agus é chomh díograiseach faoin gcúis sin is gur chaith sé a sheansloinne i dtraipisí le hainm na teanga a chur ina áit. Bhí an teanga imithe as úsáid leis na scórtha bliain anois, agus an matamaiticeoir ag déanamh créafóige ó dheireadh na seascaidí anuas, ach mar sin féin bhí ainm na teanga buanaithe ina shloinne os cionn dhoras mór na leabharlainne. Bhí, fiú, seoraí cainte sa teanga Novial le léamh ar na ballaí istigh sa leabharlann.

Bhí Turkan ag críochnú an dara cupán caife nuair a chonaic sé Afinogenoff ag teacht isteach, agus é ag breathnú gliondrach gealgháireach, rud nach samhlófá go díreach le fear a cheirde.

"*Bon jorne, sinioro Turkan,*"[1] ar seisean go greannmhar leis an mBleachtaire as Novial. Bhí an abairt sin le léamh díreach os a chomhair ar an mballa, agus ní raibh le déanamh aige ach sloinne Mhakar a chur léi.

"*Zdravstvui,*"[2] a d'fhreagair Makar as Rúisis—sin a raibh den teanga aige i ndáiríre, agus is ar éigean a bhí sé in ann an méid sin féin a fhuaimniú. "Cogar anois, a Adrian, an mbeifeá sásta an tsreang a bhaint den mhála faoin Rúiseach bréige sin, dá dtabharfainn leid úimléideach duit faoin duine a mharaigh Kaltepon?"

"Hum," a d'fhreagair Adrian Afinogenoff. Tháinig an cheist sin formhothaithe ar fad air, nó ba léir gur baineadh stangadh éigin as. "Cén cineál úimléid atá ann?"

"Bhuel tá grianghraf againn a thaispeánas mo dhuine ag rith sna featha fásaigh ó theach Kaltepon, agus

---

1 (Novial) Dia dhuit, a Uasail Turkan.
2 (Rúisis) Dia is Muire dhuit.

93

baignéad á bheartú aige. Is é oighear an scéil go bhfuil an fear ar a sheachnadh i láthair na huaire, agus ní chuirfeadh sé lá feirge orm dá dtiocfadh lucht do bhiúró féin trasna ar an duine uasal sin romhainne."

"Agus teastaíonn uait a fháil amach cad é an teoiric atá agamsa faoin Rúiseach bréige, nach ea?"

"Is ea."

"Ceart go leor. Bhuel, cineál rún Státslándála atá ann, ach is dócha nach den chríonnacht é an scéal a choinneáil faoi cheilt uaitse, chomh sáite san fhiosrú seo agus atá tú. An bhfuil a fhios agat cad é is brí le *Russkoye Velikoderzhavnoye Voskresenie?*"

"Níl ach cúpla focal Rúisise agam."

"Bhuel, is éard a chiallaíos na carúil mhóra sin ná 'Aiséirí Mhórchumhacht na Rúise', a bheag nó a mhór," arsa Afinogenoff, agus an ghnúis ghealgháireach imithe de anois. "Is é an cineál daoine atá ann ná lucht geopholaitíochta, mar is gnách a rá sa Rúis inniu. Go bunúsach, níl i gceist leis an ngeopholaitíocht sin ach impiriúlachas lom gan náire, ach amháin go bhfuil teoiric ag na daoine seo a mhíníos cén fáth a bhfuil de dhualgas ar an Rúis a cumhacht a chur i bhfeidhm ar a comharsana, an Chácóin s'againn san áireamh. Is é an cuspóir atá acu ná rialtas atá báúil leis an Rúis a chur i gceannas ar gach tír acu sin agus tailte na dtíortha sin a dheighilt idir 'crioslaigh' éagsúla a bhfuil a dteorainneacha sainithe de réir na haeráide agus an dúlra."

D'iompaigh an lí i Makar chomh scanraithe is a bhí sé.

"An é sin polasaí rúnda na Rúise? Sinn a ionsaí is a chloí ar fad?"

"Bhuel maidir leis an gcoraí júdó atá ina Uachtarán ar an Rúis, ní chreidim in aon chor go bhfuil sé ag iarraidh ár dtír a chur de dhroim an tsaoil d'aonghnó. Scéal eile áfach go bhfuil a chuid seirbhísí rúnda sásta comhoibriú le dreamanna cosúil leis an *Voskresenie* lena ngaisneas féin a bhaint astu."

"Tuigim go rímhaith," arsa Makar. "Cén bhaint atá ag Platonov, nó cibé is fíorshloinne dó,—cén bhaint atá aigesean leis an...Vos-kre-senie sin?"

"Bhuel tá muid beagnach cinnte gur radacach Cácónach ón eite dheas é a chuaigh go dtí an Rúis go gairid i ndiaidh don stát Shóivéadach titim as a chéile, agus gur fhill sé anseo ina Rúiseach bréige roinnt bhlianta ó shin lena sheanchaidreamh le saol radacach na heite deise a athbheochan agus le cuidiú ón Rúis a thairiscint dá chuid seancharad."

"Nach mbíonn ár gcuid Faisisteach go tréan in aghaidh na Rúise?" arsa Makar, agus faobhar an éadóchais le haithint ar a ghuth, mar a bheadh sé ag iarraidh an méid sin a áitiú air féin gan é a chreidiúint ach ar éigean.

"Bhíodh," a d'fhreagair Adrian Afinogenoff. "Tháinig athrú poirt acu de réir a chéile. Ba chóir duit cuardach a dhéanamh ar Fhóram na Cúise. Tiocfaidh tú ar a lán ráiteas ansin atá ag moladh chiníochas folláin na Rúise. Roinnt blianta ó shin mharaigh ruifínigh Rúiseacha cailín dhá bhliain déag ón Taidsíceastáin ar chúiseanna ciníochais i Moscó, agus nuair a chuaigh an scéala ar fud na nuachtán, bhí lucht Fhóram na Cúise ag fliuchadh a dtreabhsair le teann ríméid. Dá bhféadfaidís bhronnfaidís bonn óir ar an murdaróir as an éacht seo a rinne sé ar son an chine ghil. Cé a chuir an tseafóid sin i mbéal na ndaoine seo, meas tú?"

B'éigean do Mhakar a admháil go raibh roinnt den stuif sin feicthe aige agus súil á caitheamh ar Fhóram na Cúise aige. "Na Faisistigh ag fáil tacaíochta ó lucht an tsean-KGB," ar seisean sa deireadh. "B'fhearr liom gan an méid seo a chloisteáil uait. Nach gcuireann an smaoineamh ó chodladh oíche thú?"

"Cuireann, uaireanta," arsa Afinogenoff, agus ba dhóigh le Makar go bhfaca sé scáil á caitheamh thar ghnúis an fhir eile. "Ach ná creid go bhfuil rialtas na Rúise sásta a dhath a íobairt ar son an *Voskresenie*, gan trácht ar bith a dhéanamh ar na radacaigh Chácónacha ón eite dheas. Inséantacht, sin é an buafhocal. Téann siad i dtuilleamaí dreamanna de leathghealta den chineál seo le brú polaitiúil a chur ar an gCácóin bheag bhocht. Ach dá marófá duine de na giollaí seo sa teagmháil, ní tharraingeofá seantithe ar bith anuas ort ó ambasáid na Rúise. Timirí aon oíche iad an *Voskresenie* agus na Faisistigh Chácónacha araon. Nuar a bheas deireadh úsáide bainte astu caithfear i dtraipisí iad."

"Bhuel ní bhíonn tusa ag dul timpeall á marú, an mbíonn?" a d'fhiafraigh Makar idir shúgradh is dáiríre, cé gurb ag an dáiríre a bhí an lámh in uachtar i ndiaidh an iomláin.

"Ní bhím muis," a d'fhreagair Afinogenoff. "Samhlaigh duit na foirmeacha go léir a chaithfinn a líonadh, gan trácht ar bith ar an trioblóid a bheadh agam libhse, na póilíní. Stiúgfainn leis an maorlathas. Fágaim an chuid sin den obair faoi na constáblaí speisialta s'agaibh faoi chroí mhór mhaith."

"Muise," arsa Makar. "An bhfaighidh mé fíorainm Phlatonov, má tá sé agat?"

"Tabhair ainm an dúnmharfóra dhóchúla dom ar dtús."

"Nestor Pontapea atá air, de réir mar a fheictear sna pictiúir é."

"Ó bhuel, níl mórán iontais orm," arsa Afinogenoff. "Féach an dóigh a mbíonn na daoine sin in adharca a chéile, nó teastaíonn ó gach aon duine acu a bheith ina *Fhührer* ar an gcuid eile. Bhuel, de réir mar a chreideas muid, is é an fíorainm atá ar Phlatonov ná Roland Akulen. Níl muid cinnte faoi sin, áfach, nó níl taifead coiriúil ag Akulen óna óige, agus níl lorg a mhéar cláraithe in aon áit. Maidir lena chuid ADN—lorg a chuid géinte, an t-aigéad dí-ocsairibeanúicléasach, tá a fhios agat—ba chóir dúinn fiosrú ar leith a dhéanamh le teacht ar eiseamal ó Akulen óg. Cadhan aonair a bhí ann riamh nach dtaobhaíodh lena thuismitheoirí i ndiaidh dó an nead a thréigean, agus bhí sé cúpla bliain as radharc sular chrothnaigh aon duine é."

"An é an teoiric atá agaibhse, mar sin, ná go ndeach-aigh Akulen go dtí an Rúis, gur fhostaigh lucht an *Voskresenie* thall ansin é agus gur cuireadh ar ais faoi ainm bréige é le bheith ina idirghabhálaí idir na Faisistigh Chácónacha agus an *Voskresenie*?"

"Abraimis gurb é sin an teoiric atá agatsa," arsa Afinogenoff, agus é chomh gealgháireach arís agus ba dual dó, "ach is éard a deirim, mar dhuine príobháid-each, nach bhfuil an teoiric sin go dona, ná ródhifriúil leis an tuiscint atá againne ar an scéal, mar lucht Státslándála."

Bhí an teagmháil thart mar sin. D'fhág Afinogenoff slán agus beannacht ag an mbleachtaire, agus abhae leis amach an doras mór. Breá sásta is uile mar a bhí sé leis an leid a fuair sé ó Adrian, spiaire na haoibhe leithne, mhothaigh Makar dorn na heagla á dhúnadh timpeall ar chúl a mhuiníl agus é ag smaoineamh ar nasc Rúiseach an scéil seo. Shamhlaigh sé dó féin go bhféadfadh gníomhairí rúnda a raibh oiliúint an tsean-KGB orthu Traud a ionsaí nó a mharú, nó fiú modhanna oibre na gcéasadóirí Sóivéadacha a chur i bhfeidhm uirthi, agus ba dhóbair dó a mhún a ligean chomh scanraithe is a bhí sé ag an smaoineamh. Nuair a tháinig sé abhaile i ndiaidh a chuid oibre, agus an cailín ansin roimhe, d'fháisc sé chuige í chomh tiubh is gur chuir sé iontas uirthi.

8
An Sean-Dúnmharfóir
agus
an Dúnmharfóir Óg

"An buachaill seang sin a bhíodh ag obair sa seomra seo," arsa Nestor Pontapea, "cá bhfuil sé ar aon nós? Ní fhaca mé anseo é le seachtain, ar a laghad."

Cé go raibh cnagaois aige cheana féin, agus a chuimhne ag teip air ó am go ham, d'aithin Pontapea go raibh fear ar iarraidh sa mhonarcha, agus thuig sé go maith go mbeadh sé féin i ndainséar dá bhfágfadh duine de na buachaillí óga a bhearna bhaoil anseo. Ba chúis buartha dó cheana go raibh cuid de na stócaigh ag déanamh a gcuid codlata sa bhaile acu féin, faoi aon díon le tuismitheoirí fiosracha. Ar ámharaí an tsaoil bhí a lán acu sásta síneadh ar réleapacha i seomra na bhfreastalaithe gréasáin. Bhí an tseanmhonarcha seo cosúil le dún daingnithe, agus ba ridirí iad na stócaigh istigh anseo, ridirí a bhí ag cur crosáide. Ina chuid smaointe thugadh sé "Krak des Chevaliers" ar an áit cheana féin, i ndiaidh chaisleán clúiteach na gCrosáidirí sa tSiria.

"Mikal... Mikal Mutekan is ainm dó," arsa duine de na stócaigh le Pontapea. "Níl a fhios agam cár imigh sé. Ní fhaca mé é le dreas maith ama anuas ach an oiread."

"Is dócha gur mharaigh an namhaid é," arsa fear óg eile, agus tháinig coinnle ina shúile le teann sceitimíní. Ábhar rómánsaíochta a bhí ann dó go bhféadfadh sé é féin a shamhlú faoi bhagairt an bháis, ach ar ndóigh níor chreid sé go raibh fíordhainséar ann tar éis an tsaoil. Dá gcreidfeadh, bheadh sé bailithe leis as Krak des Chevaliers le fada, gan oiread is leathshúil a chaitheamh ar ais. Ní raibh puinn saighdiúireachta ann, a shíl Pontapea go dímheasúil, ach oiread leis an gcuid eile de na "ridirí," cé gur mhaith leis an mbuachaill a mhalairt a áitiú air féin.

"Is dócha," a d'fhreagair Pontapea. "Ach ní mór dúinn an dara rogha a chur san áireamh freisin. Is féidir gur fealltóir é, agus é tar éis sinn a thréigean d'aonturas. Agus más fealltóir é, sceithfidh sé orainn."

Ar ndóigh bhí a fhios go maith ag Pontapea nárbh iad na "naimhde" a mharaigh Kaltepon, agus mar sin, níor chreid sé ach an oiread go raibh Mikal marbh. Bhí sé cinnte go raibh an buachaill ag iarraidh éirí as, rud nach gceadódh Pontapea dó. Má shíl Mikal go bhféadfadh sé slán a fhágáil ag an nGluaiseacht Ghlórmhar mar sin, dar Crom bhí dul amú air! Ní ceadmhach d'aon duine ballraíocht an Mhaifia a chaitheamh uaidh mar sin, ach an oiread.

"Cuirigí gairm chruinnithe ar iomlán ár bhfoirne," arsa Pontapea leis na stócaigh in aice leis. "Tiocfaidh muid le chéile i seomra na bhfreastalaithe gréasáin." Chuaigh an t-ordú seo go sciobtha ó dhuine go duine ar feadh na monarchan, agus de réir a chéile thosaigh na fir óga ag tarraingt ar sheomra na ríomhairí móra. Ní raibh ach fannsolas istigh ansin, agus nuair a sheas na stócaigh in aice le chéile ina sraith mar a bheadh saighdiúirí iontu agus iad ag cur innill orthu féin, d'éirigh an t-atmaisféar san áit iontach sollúnta. Sa deireadh tháinig Pontapea ansin, agus cé nach raibh oiliúint mhíleata ar aon duine de na buachaillí, dhírigh gach uile fhear acu cnámh a dhroma amach ina ainneoin féin.

"Cé mise?" a d'fhiafraigh Pontapea go foirmeálta dá lucht leanúna.

"Is tusa ár gceannasaí, agus ar do chuid focal a thugaimid aird!" a d'fhreagair na stócaigh óga.

"Muise," arsa Pontapea. "An bhfuil a fhios agaibh an pionós is cuí don chúl le cine?"

"AN BÁS! AN BÁS! AN BÁS!"

"Is fíor daoibh," arsa Pontapea. Anois, bhí sé ag labhairt a intinne féin, in áit a bheith ag cloí le deasghnátha réamhchleachta. "Agus is é an scéala a chuala mé go bhfuil duine amháin dár bhfoireann, Mikal Mutekan, ar iarraidh le seachtain anuas ar a laghad. An bhfuil a fhios ag aon duine agaibh cá bhfuil sé? An ea go bhfuair sé bás go tobann? Ar mharaigh na Gormaigh nó na hilchultúraigh é? Nó ar bhuail gluaisteán faoi? An bhfuil leid ar bith ag aon duine agaibh?"

Thosaigh na stócaigh ag siosarnaigh chainte le chéile, agus sa deireadh thiar tugadh soncadh do bhuachaill amháin a tháinig chun tosaigh lena chuid eolais a thál ar an bhfear ceannais:

"Sílim... sílim go bhfaca mé arú inné é. Níl mé cinnte áfach."

"Cén áit?"

"Bhuel...bhí sé i gcuideachta beirt Ghormach, agus iad ag caint go cairdiúil leis, de réir mar a chonacthas dom..."

"Ag caint go cairdiúil... Dar Crom!" arsa Pontapea os íseal.

"Níl mé cinnte an é Mikal a bhí ann dáiríre," arsa an buachaill, ag iarraidh cuid den fhaobhar a bhaint dá ráiteas. "Bhí siúl aisteach leathchraplaithe faoi, mar a bheadh cithréim air. Is féidir nárbh eisean a bhí i gceist ar aon nós, ach mar sin féin, an stócach a chonaic mé, bhí sé an-chosúil le Mikal."

"Bhuel," arsa Pontapea, "ní féidir linn dul sa seans go bhfaighidh aon duine amach faoin áit seo taobh amuigh den Ghluaiseacht. Tá a fhios agaibh gur mharaigh lucht leanúna an ilchultúrachais Kaltepon cheana féin. Ná samhlaígí go bhfágfaidh siad aon duine againn beo nuair a ionsós siad an lárionad seo. Tá siad dírithe ar an bhfírinne a choinneáil faoi cheilt ón saol mór, agus iad meáite ar theachtaire na fírinne a chur ina thost le lámh láidir. Más mian linn fanacht inár mbeatha caithfidh muid a bheith lán chomh meáite céanna fear ár ndúnmharaithe a dhúnmharú sula mbeidh d'uain aige a ainghníomh a chur i gcrích. Cé a chuirfeas arm ár maraithe i lámh an mhurdaróra? Aon duine a sceithfeas orainn le húdaráis bhréige na sochaí ilchultúrtha, leis na húdaráis atá ag cur thar maoil le hinsíothlóirí Cumannacha, le daoine atá ag iarraidh brúidiúlacht na gciníocha dorcha a chur in áit an tírghrá Chácónaigh. Chonaic sibh an rud a d'éirigh do Bherto Kaltepon, ár réalt eolais, fear chomh séimh, chomh síochánta is gur dhiúltaigh sé don choinscríobh féin." Muise, a shíl Pontapea, an diabhal amadáin, ní dheachaigh sé sna saighdiúirí nuair a bhí sé óg! Cuid lárnach den tírghrá Chácónach a bhí ann riamh go gcaithfeadh an fear óg an tseirbhís armtha a chur de. Sin é an tuige ar thóg sé na blianta fada Kaltepon a dhéanamh inghlactha ag seanghlúin na heite deise antoiscí: diúltóir coinsiasach a bhí ann. Diúltóir coinsiasach mo thóin! Stumpa beag leisceora agus cladhaire a bhí ann, agus é ag seachaint gach sórt stró agus strus chomh maith is a d'éiríodh leis. Scéal eile go raibh sé iontach tugtha do na hairm thine, fad is a mhair sé. Lámhachóir agus aimsitheoir den chéad scoth a bhí ann. Chruthódh sé go gleoite san Arm dá rachadh sé sna coinscríofaigh. "Anois, d'fheall Mikal Mutekan orainn! D'imigh sé ón lárionad frithbheartaíochta seo gan a dhath a shocrú liom, agus chonacthas i gcuideachta agus i gcomhchogar le Gormaigh Mhuslamacha é. Ní féidir a leithéid a fhágáil beo, nó is é a bheathasan ár mbás."

Rinne Pontapea sos beag sular labhair sé arís. "Tá deonach uaim le Mikal Mutekan a mharú."

Bhain an méid seo creathnú as na stócaigh go léir. Níor tháinig gíocs ná míocs astu go ceann tamaill, ach ansin d'ardaigh fear acu lámh. Ba eisean an buachaill céanna a thug leid do Phontapea faoin áit a bhfaca sé Mikal.

"Ar fheabhas," arsa Pontapea. "Bulaí fir."

Bhí Pontapea tar éis mionn a dhréachtadh le haghaidh ócáidí den chineál seo, cé nár bhain sé úsáid as an bhfoirmle sin riamh. Bhí sórt náire air faoin tsollúntacht a bhain leis an téacs, nó ba nós leis draothadh gáire a dhéanamh faoina leithéid. Anois áfach bhí sé chomh maith aige an stócach sin a mhionnú mar sin féin, lena fhágáil faoi gheasa.

"Cad is ainm duit, a bhráthair?" a d'fhiafraigh Pontapea.

"Evalt Vertan is ainm dom," a d'fhreagair an fear óg.

"Tabhair mionn agus móid, mar sin, go gcomhlíonfaidh tú an misean, sin nó bás a fháil ina bhun," arsa Pontapea. "Labhair i mo dhiaidh gach abairt dá ndéarfaidh mé anois."

Agus dhírigh sé a radharc ar shúile an fhir óig, mar a bheadh sé ag iarraidh hiopnóis a chur air.

"Glacfaidh mise, Evalt Vertan, an dualgas seo orm..."

"Glacfaidh mise, Evalt Vertan, an dualgas seo orm..."

"Teacht ar lorg an tréatúra lofa..."

"Teacht ar lorg an tréatúra lofa..."

"Sonrú a chur sa tréatúir lofa..."

"Sonrú a chur sa tréatúir lofa..."

"Mo lámh a ardú le buille a bhualadh in aghaidh an tréatúra lofa..."

"Mo lámh a ardú le buille a bhualadh in aghaidh an tréatúra lofa..."

"M'arm tine a aimsiú ar an tréatúir lofa..."

"M'arm tine a aimsiú ar an tréatúir lofa..."

"Mo mhéar a fháscadh ar an truicear le hurchar a bháis a scaoileadh leis an tréatúir lofa..." Ba mhaith le Pontapea friotal chomh lom chomh coincréiteach agus ab fhéidir a chur ar an taobh gránna den obair. Bhain sé sult as, agus bhí sé inbharúla go dtreiseodh sé leis an tiomantas a bhí an buachaill a ghlacadh air féin. Dá mbeadh an stócach i ndáiríre, ní fhéadfadh sé cúlú a thuilleadh.

"Mo mhéar a fháscadh... ar an truicear... le hurchar a bháis... a bháis... a scaoileadh leis an tréatúir lofa." Chuaigh mo dhuine i bhfostú ar dtús, ach sa deireadh d'éirigh leis an líne seo a chríochnú.

"Mo shult a bhaint as bás an tréatúra lofa..." An cineál duine a bhí i bPontapea bhainfeadh sé sult as bás gach uile dhuine, agus é ag éileamh go mbeadh a chuid stócach sásta aithris a dhéanamh air.

"Mo shult a bhaint as bás an tréatúra lofa..." Chomh réidh is a tháinig na focail seo shílfeá nach bhfuair Evalt rud ar bith as cosán faoin sult sin. Bhí an chuid ba deacra den scéal thart aige.

"Nó is é bás an tréatúra lofa mo bheatha féin. A fhad is a bheas an tréatúir lofa ina bheatha, ní bheidh mé féin i mo bheatha, agus is é bás an tréatúra lofa a bhronnfas mo bheatha ar ais orm." Ní rachadh sé chun dochair beagáinín den mhisteachas a chur leis an móid, a shíl Pontapea. Bás agus beatha, bás agus beatha. Ba iad sin na focail a ghreamódh.

"Nó is é bás an tréatúra lofa mo bheatha féin. A fhad is a bheas an tréatúir lofa ina bheatha, ní bheidh mé féin i mo bheatha, agus is é bás an tréatúra lofa a bhronnfas mo bheatha ar ais orm." Ba léir go ndeachaigh an rúndiamhróireacht seo i bhfeidhm ar an óganach freisin, agus an faobhar a bhí ar a ghuth.

"Má thagann údaráis bhréige an stáit ilchultúrtha ar mo lorg, gabhaim orm gur túisce a chuirfeas mé lámh i mo bhás féin ná sceitheadh ar mo chuid comrádaithe..." Bhí sé ardtábhachtach a áitiú ar na buachaillí gan aitheantas a thabhairt do chumhacht an stáit. Ós geocaigh ríomhaire a bhí iontu agus iad tar éis cuid mhór bulaíochta a fháil ó ábhair ógchiontóirí na scoile lena linn, ba leasc leo glacadh leis go gcaithfidís an dlí a shárú mar a bheadh coirpigh iontu. Bhí sin ag dul in aghaidh stoith orthu, le taobhshúil ar an bhféiniúlacht a bhí acu ó laethanta a gcéad óige.

"Má thagann údaráis bhréige an stáit ilchultúrtha ar mo lorg, gabhaim orm gur túisce a chuirfeas mé lámh i mo bhás féin ná sceitheadh ar mo chuid comrádaithe..."

Faoin am seo bhí na stócaigh mílítheach ar fad ina ngnúis. D'aithin Pontapea boladh an mhúin agus an chaca astu. Maith go leor. Bhí an teachtaireacht ag dul i gcion orthu: thuig siad go raibh siad tar éis an teorainn dheireanach a thrasnáil. Bhí sé in am aige an taobh eile den scéal a thaispeáint anois.

"No is é an craiceann geal is dual do chine ceannais an domhain..."

"Nó is é an craiceann geal is dual do chine ceannais an domhain..." Chaith an fear óg súil ar a lámha féin, chomh geal is a bhí siad.

"Is é an craiceann a chuireas os cionn an Ghormaigh mé..."

"Is é an craiceann a chuireas os cionn an Ghormaigh mé..."

"Is é an cine geal a choinníos an tsibhialtacht ag imeacht..."

"Is é an cine geal a choinníos an tsibhialtacht ag imeacht..."

"Agus is le fear an chine ghil rogha na mban..." Is ar éigean a leag aon duine de na buachaillí seo oiread is cailín amháin riamh chomh tútach is a bhí siad i gcuideachta na mban. Dá ngeallfá cailín do dhuine acu thabharfadh an diabhal bocht corp agus anam ar do shon, a shíl Pontapea.

"I ríocht dhomhanda an chine ghil a thiocfas ar an bhfód..."

"I ríocht dhomhanda an chine ghil a thiocfas ar an bhfód..."

"Le cuidiú uaimse is ó mo leithéidí."

"Le cuidiú uaimse is ó mo leithéidí."

Ba é sin deireadh na mionn, agus i ndiaidh d'Evalt Vertan an focal déanach a fhuaimniú thosaigh na stócaigh ag scairteadh hurá agus haighfear dó. Rud é a rith go spontáineach leo a dhéanamh, agus ní dhearna Pontapea iarracht ar bith le hiad a chur ina dtost. Bhí laoch nó fiú mairtíreach ceaptha acu anois, fear a rachadh sa bhearna bhaoil agus ar dhócha dó gan filleadh ar ais ina bheatha.

"A fheara," arsa Pontapea mar chlabhsúr, "is mór an t-áthas dom bhur ndíograis. Go maire an cine geal buan! Má fhaigheann ár gcara Evalt bás ar a mhisean ag gearradh an cheartphionóis don fhealltóir, cé acu agaibh a rachas ina áit, cé acu agaibh a leanfas sna sála air leis an obair a chur i gcrích?"

"Mise! Mise! Mise!" a d'fhreagair na stócaigh as béal a chéile. Sa deireadh, rith le fear acu "Muidne!" a rá, agus ansin chualathas an freagra seo ón gcuid eile acu.

Tháinig meangadh gáire ar Phontapea. Ní raibh sna buachaillí seo ach dornán boigeartán agus iad ag síorbhreathnú ar fhíseáin chraicinn ar a gcuid ríomhairí nuair a shocraigh siad síos sa mhonarcha an chéad uair riamh, ach anois, bhí cuma an airm ag teacht orthu. Arm a bheadh sásta aird a thabhairt ar gach focal dá labhródh sé! Agus an t-amadán sin Evalt sásta a anam a chailleadh ar a shon! A leithéid de chumhacht a bheith agat—bheifeá ar meisce ag déanamh do mharana air! Mhothaigh Pontapea an fhuil ag borradh ina chuid artairí. Arm dá chuid féin aige! Arm a mharódh aon duine dá n-ardódh seisean, Nestor Pontapea, leathlámh le comhartha a thabhairt dá chuid saighdiúirí!

"Tá mé claonta a shíleadh nach bhfuil mórán acmhainne fágtha i lucht leanúna Kaltepon le tuilleadh sceimhlitheoireachta a dhéanamh," arsa Makar Turkan le hArt-Zakar Renikan, agus iad ag plé staid an fhiosrúcháin mar gheall ar dhúnmharú Kaltepon.

"Tá Samael Tompar ina luí spréite san ospidéal chéanna a d'ionsaigh sé in éineacht leis na buachaillí óga s'aige, agus ní féidir leis tuilleadh trioblóide den chineál chéanna a tharraingt. An barántas atá ar Nestor Pontapea chuaigh sé ar fud na meán cumarsáide anois, agus mar sin, tá a fhios ag cách go bhfuil sé ag teastáil uainne. Tá sé ar a theitheadh agus é ina aonar, de réir chosúlachta. Ní chaidríonn sé ach an beagán a bhfuil muinín iomlán aige astu, ach is dóigh liom gur féidir linn teacht ar a lorg tríd an mbeagán sin a shainaithint. Tá an fochultúr fuatha i ndiaidh a chuid ceannairí a chailleadh i láthair na huaire. Ba é Samael Tompar an t-aon duine a raibh comhábhair an sceimhlitheora ann agus é inniúil na somacháin sin go léir a earcú le haghaidh fhorghabháil na hotharlainne."

"B'fhéidir," arsa Renikan, "ach cad é do thuairim i dtaobh Estepan Palemolk?"

"Níl a phróifíl shíceolaíoch oiriúnach do cheannaire na sceimhlitheoirí. Má chuaigh sé ar a chaomhnú, níl ann ach gur theip a néaróga air i ndiaidh bhás Kaltepon."

Ba é ba thoradh do chomhrá seo na beirte póilíní ná go gcuirfidís an fiosrú ar coigilt. Go bunúsach bhí siad barúlach agus géarbharúlach gurbh é Pontapea a mharaigh Kaltepon, agus ba é a raibh fágtha ná an murdaróir a mhealladh chun solais pé áit a raibh sé ar a sheachnadh, ionas go bhféadfaí é a ghabháil, a chimiú agus a chur faoi bhráid na mbreithiún.

Ní raibh a fhios acu an rud a bhí sna fonsaí tógála ag Pontapea.

Bhí Pontapea ag caint go dian le hEvalt Vertan, agus é ag iarraidh an stócach a ghríosú chun gnímh. "Rachaidh tú abhaile chuige agus maróidh tú ar an tairseach é. Cá bhfuil cónaí air?"

"I gceann de na bloic árasáin chois Shráid Pasakiv, in éineacht lena mháthair. Fuair a thuismitheoirí colscaradh le fada an lá, agus ní thagann a athair ar cuairt ach go hannamh. Is dóigh liom go mbíonn an mháthair ag obair de ló, agus eisean ina aonar sa bhaile, ó nach bhfuil staidéar ná scolaíocht d'aon chineál idir lámhaibh aigesean i láthair na huaire."

"Ar fheabhas," arsa Pontapea. "Seo mar a dhéanfas tú é: buailfidh tú isteach aige ag uair oiriúnach den lá, go luath i ndiaidh an mheán lae b'fhéidir, abraimis timpeall ar a haon a chlog. Ansin, bainfidh tú clog an dorais. Nuair a thiocfas mo dhuine ag oscailt an dorais i d'araicis, scaoilfidh tú an piléar i lár an choirp. Ná bí ag aimsiú do phiostail go ró-ard ná go ró-íseal. Má loisceann tú an t-urchar go ró-ard, ní bhuailfidh tú é ach sa chliabhrach. Cnagfaidh tú an t-aer as a scamhóga agus is féidir duit é a ghortú go tromchúiseach, ach mar sin féin beidh gach seans ann go bhfaighidh sé biseach sa deireadh. Má bhuaileann an piléar sa chroí é, ar ndóigh, beidh an diabhal marbh ar an toirt. Agus má bhuaileann an t-urchar taobh thíos den chroí é, seans go réabfaidh sé artaire mór éigin, ionas go bhfaighidh Mikal bás ag cailleadh fola. Pé scéal é ní féidir leat an iomarca ama a chur amú á mharú. Ní bheadh sé ciallmhar agat callán a tharraingt. Caithfidh tú an bastart a leagan le haon urchar amháin agus d'éalú a dhéanamh." D'fhan sé ina thost ar feadh meandair agus lean sé leis: "An dualgas a ghlac tú ort leis an móid, an bhfuil sé tuigthe agat? An dtuigeann tú cad é a chaithfeas tú a dhéanamh má thagann na póilíní ar do lorg?"

"Caithfidh mé lámh a chur i mo bhás féin," arsa an fear óg, agus a ghuth ag creathnú le teann drámatúlachta.

"Muise," arsa Pontapea. "Caithfidh tú lámh a chur i do bhás féin. Agus is fearr fós má théann tú ag lámhach na bpóilíní agus amas glan a fhágáil acu ortsa, nó is é an rud is fearr ná bás a fháil i machaire an chatha. Ach thar aon rud eile caithfidh tú féachaint chuige nach ngabhfaidh siad i do bheatha thú. Má ghabhann, beidh siad do do chéasadh go gránna le tú a chur ag scileadh orainn. Creid uaim nach ionann póilíní an lae inniu agus iad siúd a bhí ann nuair a bhí mise óg. Fadó fadó dá bhfeicfeadh póilín duine éigin de na ciníocha a bhíos á n-adhradh ag na Cumannaigh inniu mar a bheadh déithe beaga iontu—dá bhfeicfeadh póilín ceann de na moncaithe sin, Gormach nó Muslamach, bain do rogha astu—bíodh a fhios agat nach mbeadh sé i bhfad ag breith ar a smachtín le ceacht a mhúineadh don mhoncaí. An-cheol go deo a bhainfeadh sé as an diabhal, agus an smachtín ag rith damhsa suas anuas an chnámh dhroma! Agus dá stiallfadh mo dhuine an inchinn as cloigeann an mhoncaí, ní bheifí ag cur dúnmharú ná dúnorgain ná seafóid ar bith eile ina leith! San am sin thuigfí nach acmhainn dár dtír bia ná beatha a choinneáil leis na diabhail sin! Ainmhithe allta aingiallta i riocht leathdhaonna iad, na Gormaigh! Ní bhíonn dlí ceart acu ina dtíortha féin chomh barbartha agus atá siad, agus anois, táthar ag fruiliú constáblaí nua as a measc! Mar sin tá ár gcuid póilíní ag foghlaim nósanna na hAfraice ó na moncaithe sin atá ag tonnadh isteach ón Tríú Domhan! Bí cinnte, má ghabhann siad thú, go gcuirfidh siad modhanna oibre na ndeachtóirí Afracánacha i bhfeidhm ort..."

Mhair Pontapea ar an téad seo ar feadh tamaill mhaith eile. Ar chreid sé an aiféis seo go léir? Ba ddoiligh a rá cé acu a chreid nó nár chreid, agus is dócha nach raibh sé féin cinnte. Ó thaobh amháin de bhí a fhios aige go maith nach raibh comhcheilg ar bith ann le fórsa póilíní na Cácóine a "thabhairt chun Gormachais," ach ón taobh eile de thuig sé go raibh sé riachtanach scéalta den chineál seo a insint do na buachaillí leis an ngiúmar ceart a chur is a choinneáil orthu. Más bréaga féin a bhí iontu, ba iad na bréaga sin fírinne na hidé-eolaíochta. Agus Evalt Vertan, ar chreid seisean i ndáiríre iad? Nó an ea nach raibh sé ach ag baint suilt as an malairt saol a raibh Pontapea ag cur síos air, saol ba dhraíochtúla i bhfad ná gnáthaimh leadránacha an ríomhgheocaigh óig? B'fhéidir gur thuig sé go rómhaith chomh héigiallta is a bhí an bholscaireacht a chuala sé á spalpadh ag Pontapea. Ach má thuig, cén fáth a raibh sé ag ligean air féin gur ghéill sé don iomlán? Is dócha nach raibh sé ach ag santú eachtraí den tsaghas a bhí feicthe aige ar an teilifís nó sna pictiúir. Anois bhí sé ina laoch é féin, díreach mar a bheadh sé ar an scáileán. Bhí sé ina laoch i scannán a shaoil féin. Ina ghníomhaire rúnda, agus misean dainséarach le comhlíonadh aige. Misean a raibh fear ar leith de dhíth lena chur i gcrích.

Le fiche focal a chur in aon fhocal amháin, murdaróir déanta a bhí ann i ndiaidh dó a chuid oiliúna a fháil ó Phontapea, agus é dírithe ar Mhikal a mharú nó bás a fháil san iarracht. Ba é sin críoch agus cuspóir a shaoil anois.

9
An Phicnic Chinniúnach

Bhí coinne socraithe ag Mikal Mutekan le hAbdi agus Musa chomh maith le triúr cailíní: Franziska, a bhí ag siúl amach le Musa, Haweeyo, a bhí geallta d'Abdi, agus... sea, agus eireog bheag dheas Ghearmánach darbh ainm Sandra. Cara le Franziska a bhí inti agus í breá sásta teacht in éineacht leis an gcuid eile le nach mbeadh Mikal ina éan corr i gcuideachta an dá lánúin.

Ar dtús chuir an spéicéireacht sin as do Mhikal, ach ansin bhí cúpla focal aige lena mháthair. Níor thóg sé mórán ama uirthi an stócach a chur ar bhealach a leasa. Dúirt sí gur chóir dó bheith breá buíoch dá chairde nua chomh tuisceanach is a bhí siad ina leith. Nár tháinig na buachaillí sin chun cabhrach dó agus é díreach á bhogmharú ag an amhas druncaera úd? Tháinig muise. Ní raibh cailín ag Mikal riamh, agus ba léir dise—nár dhual don mháthair a leithéid a aithint?—go raibh caidreamh le mná óga ag teastáil go géar óna mac. B'fhéidir gur cailín deas a bheadh ann, a d'áitigh sí. Seo do sheans, a mhic-ó!

Agus bhí an ceart ag a mháthair, gan dabht gan déidearbhadh. Bhí an chuid eile acu ag fanacht le Mikal ag stad na mbusanna le dul go Runsal—nó Rauinsel, mar a thugadh lucht labhartha na Gearmáinise ar an áit: ceantar coille a bhí ann agus é timpeallaithe ag uisce na n-aibhneacha ó gach taobh, ionas gur oileán a bhí ann go bunúsach, agus b'ansin a théadh muintir Mholopea le spaisteoireacht a dhéanamh nó le scíth a ligean.

Bhí aithne súl ag Mikal ar Franziska agus ar Haweeyo cheana féin. Cailín Sómáileach ab ea Haweeyo, ach an chuid ba mhó den am ní chaitheadh sí an chulaith Ioslamach, amach ón seál timpeall ar a cuid gruaige—scéal eile ar fad go bhfeicfeá róbaí traidisiúnta a muintire uirthi ag ócáidí sollúnta. Cailín cineál máithriúil a bhí in Franziska, agus le fírinne, dá mbeadh girseach aige féin agus í ag déanamh peata de cosúil leis an dóigh a raibh Franziska ag caitheamh le Musa bheadh sé tógtha ó lár aici, a shíl Mikal. D'aithin Haweeyo cad é mar a chuaigh geáitsí Franziska i bhfeidhm ar Mhikal, agus mhínigh sí dó go gealgháireach gur dhual do na buachaillí Sómáileacha dul thar fóir ag tabhairt urraime dá máithreacha, agus gur bheag an t-iontas dá mb'fhearr leo cailíní máithriúla freisin.

Le fírinne ní raibh súil ag Mikal leis go bhféadfadh aon chailín Muslamach bheith chomh spreagúil spridiúil le Haweeyo. Shílfeá nach suífeadh sí síos choíche chomh beo bíogúil is a bhí sí. Agus Sandra. Ó muis. Ní raibh Mikal in ann a rá nach raibh a ndícheall déanta ag a chuid cairde cailín oiriúnach a aimsiú dó, dáiríre! Girseach bheag bhídeach a bhí in Sandra nach raibh ar an duine ba mhó cadráil den fheadhain s'acu, ach b'amhlaidh ab fhearr leis í. Bhí folt deas dubh uirthi,

agus cé go raibh spéaclóirí móra troma á gcaitheamh
aici fuair Mikal dathúil go leor í. Le fírinne shíl sé
gurbh eisean an t-aon duine a d'aithin a háilleacht, ó
chuirfeadh gach uile dhuine seachas é féin an chéad
sonrú sna spéaclaí sin.

Cé go raibh Sandra cineál dúnárasach bhí sí lách go
maith, agus de réir a chéile fuair Mikal amach go raibh
dúil nimhe aici sna húrscéalta ficsin eolaíochta, rud a
thaitin go mór mór leisean. Nuair a chuaigh siad ar
bhord an bhus sna sála ar an gceathrar eile, bhí siad
sáite i gcomhrá cheana féin faoi shaothar Fred agus
Geoffrey Hoyle.

Tháinig meangadh beag gáire ar an gcuid eile den
fheadhain nuair a chonaic siad an sult a bhí Sandra
agus Mikal a bhaint as cuideachta a chéile. Le cuidiú
Dé bheadh lánúin cheart iontu anois, nó ba mhaith an
cleamhnas iad de réir chosúlachta.

Ní raibh a fhios ag aon duine acu cad é a bhí idir
lámhaibh ag Evalt Vertan san am chéanna, faraoir.

Bhí Evalt ag déanamh a bhealaigh faoi scáth na
gcrann agus i measc na dtor, agus é ag roghnú na
bpáirceanna is na ngairdíní poiblí thar na sráideanna is
na bóithre oscailte. Na daoine a d'fheicfeá ansin bhídís
ag siúl go mall agus ag tógáil an tsaoil go suaimhneach,
agus Evalt ag déanamh aithrise orthu. Aon duine a
chaithfeadh súil ina threo is é an tátal a bhainfeadh sé
as an gcoiscéim a bhí faoi nach raibh sé ach ag falróid
roimhe ar mhaith leis an spórt, in áit a bheith ag dul
trasna na cathrach le ceann scríbe ar leith a shroich-
eadh.

Shiúil sé leis ó chearn go cearn Pháirc Takareak, agus
é ag iarraidh cuma na fámaireachta a chur air féin.

D'imigh sé i measc na dtor ar imeall na páirce agus tháinig sé chun solais ar an taobh eile le píosa beag sráide a chur de. Ansin fuair sé roimhe an chéad ghairdín poiblí eile. Turas deas trí spotaí glasa na cathrach a bheadh ann ach go bé gurbh ar mhisean murdair a bhí mo dhuine.

Bhí an gunnán ar iompar faoina chuid éadaí aige, agus é suite in aice lena dheasóg. Nuair a thiocfadh uair na cinniúna bheadh an t-arm tine sa lámh aige gan mhoill. Ansin bhainfeadh sé an greamán sábhála den ghunnán, gheobhadh sé amas—agus scaoilfeadh sé an chéad urchar. Bhí gach gluaiseacht druileáilte go paiteanta aige roimh ré, agus Pontapea ag cuidiú leis. Beir ar an ngunnán, tarraing amach é, bain an greamán, faigh amas, scaoil urchar. Beir ar an ngunnán, tarraing amach é, bain an greamán... Fuair Evalt moladh agus ardmholadh ó Phontapea sa deireadh: bhí sé ullamh chun an tasc seo a chur i gcrích gan teip.

Páirc Takareak curtha de aige, agus ansin Gairdín Manaren.... Thug sé spléachadh dímheasúil ar na daoine ina thimpeall, agus draothadh beag gáire ag teacht leis. Dá mbeadh a fhios ag na daoine gur róbat daonna a bhí ina measc! Róbat daonna agus é ríomh-chláraithe chun gnímh.

Bhí na blianta deireanacha caite ag Evalt Vertan ag plé le ríomhairí, ag imirt ríomhchluichí agus ag foghlaim teangacha ríomhchlárúcháin. Ar ndóigh, níor lú air ná an sioc na teangacha nádúrtha, na teangacha a bhíos á labhairt ag na daoine daonna. Ba iad na ríomhairí a chuid cairde agus ba leosan a luigh a chroí. Bród a bhí air as a bheith chomh cosúil agus ab fhéidir leis le róbat nó le ríomhaire. Ní raibh sa daonnaí ach ainmhí

brúidiúil agus a chuid smaointe truaillithe le maoith-
neas na mothúchán. Bhí na róbait agus na ríomhairí ag
cloí le loighic agus le matamaitic. Déarfadh duine
maoithneach go gcaithfeá trua a ghlacadh le Gormach
éigin a thiocfadh ag cnagadh an dorais ag iarraidh
déirce ort. An róbat ríomhchláraithe áfach sheiceálfadh
sé cuisneoir agus cófra na cistine agus thiocfadh sé ar
an ríomhchonclúid loighciúil mhatamaiticiúil nárbh
acmhainn dó cineál a dhéanamh ar gach uile shiúlóir a
thagadh an bealach.

Mise an róbat, mise an ríomhaire, mise an ríomhaire
daonna, a d'áitigh Evalt Vertan air féin. Agus d'aithin
súile leictreacha an róbait seo an comhartha tráchta a
thaispeáin go raibh sé ag teacht i gcóngar dá cheann
scríbe.

Nuair a bhain an róbat murdaróra amach an bloc
árasán ina raibh cónaí ar Mhikal bhí an targaid féin
díreach ag ithe ceapairí i gcuideachta na gcairde i
Runsal, ach ní raibh an t-árasán folamh ná tréigthe. Bhí
lá saor ag máthair an stócaigh óna jab, agus í ag cur
snasa ar an áit. Ar éigean a chuala sí clog an dorais ag
clingeadh, nó bhí sí díreach ag folúsghlanadh an urláir.

Chuala Evalt an folúsghlantóir, agus b'fhéidir gur
taibhsíodh dó cheana féin cén botún a bhí sé ar tí a
dhéanamh. Faoin am seo áfach bhí sé sáite chomh
domhain i bhfantaisíocht an róbait is nach raibh sé
ábalta an "ríomhchlár" a stopadh ó rith. Nuair a
chonaic sé an doras á oscailt, d'ardaigh sé an t-arm tine
agus an greamán bainte aige cheana féin; agus chomh
túisce is a d'aithin sé teimheal an duine os a chomhair,
thosaigh sé ag loscadh.

Bhí máthair Mhikal ina gillire ar an urlár agus í criathraithe go héag nuair a tháinig an tuiscint ag Evalt nárbh í an targaid cheart a bhí aige ansin. Ba é an chéad rud a rith leis a dhéanamh ná lámh a chur ina bhás féin, ach faoin am seo bhí an t-urchar deireanach scaoilte aige. Nuair a tharraing sé an truicear, agus béal an bhairille curtha lena chloigeann aige, níor chuala sé ach gliog gan urchóid.

Agus go gairid ina dhiaidh sin chuala sé bonnáin na bpóilíní agus an otharchairr ón tsráid amuigh. Ba léir dó ón lochán fola ar an urlár nach dtiocfadh an tarrtháil in am don bhean mheánaosta a bhí ina luí spréite thar thairseach an árasáin. Bheadh sé ina chime cheaptha chuibhrithe ag na péas i gceann tamaill bhig. Agus nuair a thiocfaidís ní bheadh cur ina n-aghaidh ann féin, mar a chonacthas dó.

Ba chuma leis faoi, i ndáiríre. Ní raibh cíos, cás ná cathú air. Bhí sé tuigthe aige ar bhealach gur dúnmharfóir déanta a bhí ann anois agus nach mbeadh de thodhchaí aige feasta ach seal fada buan i dtóin phríosúin, ach ní raibh an tuiscint sin ag cur isteach ná amach air. Ní raibh spéis ar bith aige in idé-eolaíocht na Gluaiseachta Glórmhaire a thuilleadh, ach an oiread. Ghlac sé leis anois nach raibh "tonn tuile na nGormach agus na Muslamach" leis an tír a bhá, ach má ghlac féin, ní raibh ann ach rud eile a raibh neamhshuim déanta aige de.

Ní raibh a fhios beo ag Mikal an rud a bhí ag titim amach sa bhaile, ar ndóigh. Go nuige seo bhí fuath na ndaol aige ar gach cineál lúthchleas, ach anois d'éirigh le Musa agus le hAbdi é a mhealladh go páirc na himeartha. Chaith an triúr acu tamall fada ag ciceáil na liathróide timpeall ar mhaithe leis an gcraic amháin. Ní raibh Mikal rósciliúil á bualadh, ach ba chuma leis faoi, agus murab ionann agus na buachaillí sa scoil chuimsitheach ní raibh Abdi agus Musa ag iarraidh é a náiriú. Bhí Haweeyo féin ag ciceáil chaide chomh maith leis na stócaigh, agus de réir chosúlachta níorbh é seo an chéad uair di. Maidir le Sandra, bhí sise agus Mikal i ndiaidh an chéad aithne a fháil ar a chéile, agus ba léir dóibh nárbh í an aithne dheireanach í.

De réir a chéile, tháinig tuirse ar na buachaillí (gan trácht ar Haweeyo) agus iad ag peileadóireacht le chéile, agus theastaigh uathu scíth a ligean. Chrom an seisear acu ar a gcuid bia a ithe, agus de réir a chéile, tháinig cuma an tráthnóna ar an spéir. Chuaigh siad ar bhord an bhus le filleadh go lár na cathrach, agus má chuaigh, fuair siad go raibh fear Sómáileach ag an stiúir, agus é gaolmhar le hAbdi. Bhí cúpla focal cairdiúil acu le chéile, agus chroith an tiománaí lámh le gach duine acu.

Ní raibh Mikal riamh ar a sháimhín suilt mar a bhí sé anois. Bhí greim docht aige ar lámh Shandra, agus í sásta an greim sin a fhreagairt. Bhí sé ag gáire faoi scéilíní magaidh na beirte buachaillí eile, agus iad sna trithí gáire faoi na cinn a ritheadh leisean. Aon duine a chonaic ar an mbus iad bhí sé breá sásta leis an bhfeadhain óg seo. Tháinig an smaoineamh chuig Mikal go tobann gurbh é seo an cineál saol ba dual d'fhear óg cosúil leis féin: cairde a bheith aige, daoine ar comhaois leis agus iad sásta cuidiú leis in am an ghátair.

Lean an chuid eile acu Mikal go tairseach an bhloc árasán ina raibh cónaí air—agus ansin baineadh stangadh as an iomlán dearg acu. Nó bhí an áit foirgthe le póilíní, agus nuair a thosaigh sé ag déanamh a bhealaigh i dtreo an dorais mhóir, tháinig fear acu ina araicis.

"Gabh mo leithscéal," arsa an póilín go múinte, "ach an tusa Mikal Mutekan? Agus cónaí ort sa teach seo?"

"Is mé."

"Tá an-drochscéala agam duit. Tá do mháthair marbh, agus ar mhí-ámharaí an tsaoil tá sé dealraitheach gur dúnmharú a bhí ann, sin é an drochamhras atá againn ar a laghad. Creid uaim go bhfuil an-bhrón orm."

Ba dóbair do Mhikal titim as a sheasamh. A mháthair tar éis bháis? Cad é a dhéanfadh sé anois? Bhí sé ró-óg le déanamh as dó féin amuigh sa domhan mhór! Ní fhéadfadh sé an cíos féin a íoc! Chuirfí i mborstal éigin é in éineacht le hógchiontóirí!

"Ar an drochuair ní féidir linn tú a ligean isteach thuas ansin go fóill. Tá muid ag imscrúdú láthair na coire i gcónaí. Tá a fhios agat lucht fóiréinsice? Iad siúd atá ag cíoradh na háite anois. An bhfuil cara agat a bhféadfá an oíche seo a chaitheamh ina theach?"

"Mise!" arsa Musa agus Sandra as béal a chéile. Ghéill Mikal do na deora a bhí ag teacht leis, agus é ag síleadh go raibh an talamh ag imeacht faoina chosa. Ina dhiaidh sin féin d'aithin sé léaró beag dóchais sa dorchadas mhór seo: bhí sé breá sásta go raibh cairde aige agus iad ag tabhairt aire dó nuair a bhí sé in umar an éadóchais ar fad.

Maidir le hEvalt Vertan, caitheadh isteach ar chúldoras an phatrólchairr é, agus constábla ina shuí ar an dá thaobh de le diansúil a choinneáil air. Rinne na póilíní a ndicheall le focal a bhaint as, ach níor labhair

sé gíog ná míog. D'fhéadfá a shíleadh go raibh sé ag
fanacht ina thost le cúis na Gluaiseachta a chosaint, ach
ní mar sin a bhí. Go bunúsach ní raibh a dhath le rá
aige le haon duine, agus é suite siúráilte nach mbeadh
choíche.

Chaith Sandra agus Musa araon tréimhse fhada ag
iarraidh a shocrú, cé acu acu a thabharfadh lóistín oíche
do Mhikal, ach sa deireadh ba é Musa é, ó nach raibh
theach a mhuintire ach faoi ghiota beag slí d'árasán
Mhikal agus a mháthar.

Ar thairseach an árasáin ina raibh cónaí ar Mhusa
d'fhág Sandra slán ag Mikal—ar ndóigh thug sí croí
isteach dó chomh buartha is a bhí sí—agus chomh-
arthaigh Musa do Mhikal teacht isteach agus suí síos.
Bhí deartháir óg Mhusa ann, agus é ag tosú is ag gáire
faoin mbuachaill mór fásta a bhí ag gol mar a bheadh
puirtleog bheag girsí ann, ach ansin chuir Musa spraic
air go giorraisc: "Maraíodh a mháthair inniu! Bheifeá
féin ag caoineadh, nach mbeifeá?" Agus b'éigean don
deartháir a admháil go mbeadh. Le fírinne tháinig
athrú gnúis air ar an toirt nuair a chuala sé an rud a
d'éirigh do Mhikal, agus as sin amach rinne sé iarracht
bheith chomh mánla múinte leis an gcuairteoir agus ab
fhéidir leis. Nuair a tháinig athair agus máthair Mhusa
abhaile, chuir sé Mikal in aithne dóibh—cé gur chuala
siad Musa ag tagairt don chara seo ó am go ham, níor
casadh orthu riamh é roimhe seo—agus mhínigh sé
dóibh an rud a thit amach: gur tháinig bithiúnach
isteach chuig máthair Mháire nuair a bhí Mikal agus
na cairde go léir amuigh ag déanamh picnice; gur
mharaigh an bithiúnach sin í; agus go raibh an t-árasán

faoi ghlas ag na póilíní, ó bhí siad ag déanamh fiosrúcháin go fóill.

Bhí tuismitheoirí Mhusa scanraithe amach is amach ag an scéal, agus iad breá sásta lóistín a thabhairt don fhear óg a fhad is nach mbeadh cead abhaile aige. Ní raibh Mikal chomh saor óna chuid sean-réamhbhreithiúnas agus nach mbeadh cineál coimhthíos air roimh an áit ar dtús. Ba é an rud ba mhó a bhain stangadh as ná nach raibh an t-árasán seo ródhifriúil le haon cheann eile dá bhfaca sé i rith a shaoil: bhí teilifíseán ann chomh maith le ríomhaire agus raca dioscaí digiteacha. Bhí máthair Mhusa ag caitheamh seál Muslamach, agus éadaí maisiúla cuidsúlacha a muintire uirthi, ach mar sin féin ba léir nach raibh sí ina sclábhaí ag a fear céile. Níor thuig Mikal a dhath den chomhrá Sómáilise a bhí ag an lánúin phósta le chéile—amach ón gcorrfhocal Cácóinise a sciorrfadh ó dhuine acu, ar ndóigh, nó b'fhollasach go ndeachaigh gnáthurlabhra na sráide go tréan i bhfeidhm ar a dteanga dhúchais chomh seanbhunaithe is a bhí siad sa tír seo—ach ba léir go raibh úimléid agus údarás ag baint lena raibh le rá ag bean an tí, agus athair Mhusa ag tabhairt aird mhaith ar a cuid focal.

Chaith Mikal seal ag imirt ríomhchluichí le deartháir beag Mhusa, agus fáiltíodh chuig an mbord é le béile bia a chaitheamh in éineacht le muintir an tí. Nuair a bhí caife á ól ag an iomlán acu, thosaigh tuismitheoirí Mhusa ag cur ceisteanna ar Mhikal faoin saol a bheadh aige feasta, i ndiaidh bhás a mháthar. Conas a d'fhéadfaí cabhrú leis a fhódú féin a dhéanamh sa saol anois, agus é fágtha gan aon duine le haire a thabhairt dó?

An Phicnic Chinniúnach

B'éigean do Mhikal a admháil nach raibh mórán maithe ann lena chuid féin a shaothrú. Is é an rud a chuala sé riamh ná gur duine óg ardéirimiúil a bhí ann agus go mbeadh doirse na sochaí go léir ar oscailt ina araicis nuair a thiocfadh sé i gcrann mar fhear ceirde. Ba é oighear an scéil ná nach ndearna sé féin a dhath ar mhaith leis an "teacht i gcrann" sin. A lán de na heolaithe móra ar chuir a saol agus a n-éacht draíocht air nuair a bhí sé ina bhuachaill bheag b'éigean dóibh jabanna suaracha a bheith acu sular éirigh leo teacht in éifeacht mar ba dhual dóibh. Ba é sin an rud ba mhó a chuir faitíos ar Mhikal, áfach. Nuair a tháinig an crú ar an tairne ba leasc leis riamh an nead a thréigean le dul i ngleic leis an saol mór amuigh. Anois, áfach, bhí an nead féin sciobtha uaidh. Bhí Maim imithe go deo, a mháthair nár thuig sé an aird cheart ar a cuid focal riamh agus nár phléigh sé a chuid cúrsaí léi go hionraic riamh, cé gur dhóchúla ná a mhalairt go mbeadh cabhair, cúnamh agus comhairle cheart ar fáil uaithi.

Agus nuair a bhris a chaoineadh air arís, ag gol in áit na maoiseoige a bhí sé.

10
Fealsamh na Foraoise

Loch beag a bhí ann agus é suite i bhfad ar shiúl ó phlódú na cathrach móire agus ó shráidbhailte na tuaithe féin. Bhí barr an uisce ag glioscarnaigh go dallraitheach le solas na gréine, rud nach mbeadh súil lena mhalairt agat i dtús an tsamhraidh. Ní raibh d'áitreabh dhaonna anseo ach bothán cluthair croíúil ar an gcladach, bothán a bheadh breá oiriúnach don té ar theastaigh uaidh a laethanta saoire a chaitheamh ag snámh nó ag iascach anseo. Bhí crainn ag fás go flúirseach ar gach taobh den loch, coill bhreá bheo nach ndeachaigh tua ná toireasc an daonnaí uirthi le roinnt mhaith bhlianta anuas. Sprúis ba mhó a bhí ann, crainn a bhfuil de dhúchas iontu solas a sheachaint agus foscadh a thabhairt don té nach maith leis loscadh na gréine. Seo an cineál áit a d'fheilfeadh don scríbhneoir agus don fhealsamh agus é ar lorg ciúnais le slacht a chur ar lámhscríbhinn a mhórshaothair sula gcuirfeadh sé faoi bhráid an fhoilsitheora í.

An fear réasúnta óg—buachaill nach raibh deich mbliana fichead slánaithe aige ach ar éigean—an fear seo a d'fheicfeá timpeall an bhotháin ó am go ham, muise ní thógfadh sé mórán ama ort a aithint gur scríbhneoir nó intleachtóir de shaghas éigin a bhí ann. Bhí sé seang stiúgtha, agus níor chleacht sé cuideachta na lúithnirí ná na lúthchleasaithe riamh. Ní dheachaigh sé i dtaithí ar gharbhobair d'aon sórt ach an oiread. Ní raibh sé ró-ard, agus tríd is tríd is é an cineál fear a bhí ann a bheadh i dtuilleamaí a intleachta le súil an domhain a tharraingt air féin, nó níorbh é a chosúlacht ná a chuntanós a dhéanfadh é ar aon nós.

Bhí cearthaí agus corrthónacht air, nó ní raibh sé ábalta cinneadh ar cé acu a d'fhanfadh sé istigh sa bhothán nó nach bhfanfadh. Thiocfadh sé amach le toitín a chaitheamh ina shuí go socair os comhair an bhotháin ach ansin chrothnódh sé a chuid cipíní solais. Rachadh sé isteach ach ansin thabharfadh sé faoi deara go raibh na cipíní i leathlámh leis ó thús. Chomh neirbhíseach neamh-mheabhrach is a bhí sé ba léir nach raibh sé in ann peann a chur ar pár ar aon nós ná rud ar bith a bhreacadh síos a mbeadh substaint ann.

Mar sin féin scríbhneoir agus údar aitheanta aithnidiúil a bhí ann tráth. Anois áfach bhí sé iompaithe ina cheithearnach coille ar a theitheadh ón dlí agus óna chuid cairde araon anseo, i gcroí na tíre, i bhforaois mhór Kaukapesko.

Estepan Palemolk a bhí air.

Nuair a chaith sé súil ar an loch trí dheatach a thoitín, níorbh é an t-uisce ná scáilí scátháin na scamall a chonaic sé, ach an saol a bhí aige sular aithin sé go raibh na cúrsaí ag dul ó smacht air. Na pleananna a bhí á ndréachtadh agus á n-oibriú amach ag lucht ceannais na Gluaiseachta, na teoiricí is na bunsmaointe a bhí á gcardáil agus á gcaibidil acu, an cor a bhí siad meáite ar a chur i gcinniúint na Cácóine...

Tine sa Chácóin

Ansin áfach d'athraigh an t-atmaisféar ó bhonn, nuair a thosaigh Pontapea ag trácht ar an gcaidreamh a bhí aige leis na Rúisigh. Ní bhfuair Estepan amach riamh faoin gcineál daoine a bhí i gceist leis "na Rúisigh" úd. B'fhéidir gurbh iad Maifia an Oirthir iad, an dá bh'fhéidir gur gníomhairí de chuid na seirbhísí rúnda a bhí iontu agus iad ag fáil a gcuid orduithe ó lucht rialtais na Rúise. Ní raibh a fhios beo ag mo dhuine. Ba é an t-idirghabhálaí a bhí acu leis na Rúisigh sin ná an diabhal fear úd, Platonov...má b'in é a shloinne i ndáiríre. Cérbh é féin ar aon nós, Platonov? Ba ghnách leis Cácóinis bhriste a labhairt, ach ba dual dó crampa na Rúisise a chailleadh agus blas ceart na tíre seo a tharraingt chuige agus é ag déanamh comhrá le lucht na Gluaiseachta. Shílfeá gur cainteoir dúchais a bhí ann agus é ag iarraidh cuma an Rúisigh a chur air féin, agus is é an tátal a bhain Estepan as iompraíocht Phontapea i gcuideachta Phlatonov ná gur cuma leis faoi, nó b'fhéidir gurbh amhlaidh ab fhearr leis.

Ansin dúnmharaíodh Kaltepon, agus chuaigh an Ghluaiseacht go léir ar mire. Bhí cuid den bhallra barúlach gurbh é an Rúiseach a mharaigh é—is é sin Platonov, nó b'fhéidir an dream a bhí taobh thiar de. Nó ba chuimhin le lucht na Gluaiseachta an cogadh dearg a d'éirigh idir Platonov agus Kaltepon ag ceann de na cruinnithe rúnda. An t-airgead a bhí ag teacht ón Rúis ba chúis leis, an t-airgead a bhí le costais na Gluaiseachta a íoc. Ní raibh Palemolk cinnte céard a bhí déanta ag Kaltepon le slám den airgead sin, ach ba é an tátal a bhain sé as an achrann sin go raibh an teangeolaí tar éis fiacha príobháideacha de shórt éigin a ghlanadh. Bhí an iomarca measa ag Kaltepon air féin, nó bhí a fhios aige nach dtiocfadh an Ghluaiseacht a fhad seo riamh murach eisean agus an cultas a d'fhás timpeall ar a bhlag suarach féin. Níor thaitin Kaltepon le hEstepan Palemolk riamh. Ní raibh mórán maithe sa bhlag sin aige ach an oiread, dar le hEstepan. Ba léir nár léigh Kaltepon aon úrscéal amháin ina theanga dhúchais riamh. An dá chineál Cácóinise a bhí ag an amadán sin ná gráisciúlacht na gramaisce agus meamraiméis na maorlathaithe. Ní raibh ann ar dtús ach freastalaí bialainne ar rith leis lá de na laethanta dul ag staidéar teangacha marbha. Ach sa deireadh thiar thall ní raibh ann ach an freastalaí céanna, agus má bhí na malraigh gan mhúineadh chomh doirte sin dó agus a bhí, ba é ba chúis leis ná gur duine acusan a bhí ann i gcónaí, díomaite den ardchéim ollscoile a bhain sé amach idir an dá linn.

É féin, Estepan, áfach, ba intleachtóir é de shliocht mhuintir Phalemolk a bhronn an oiread sin gníomh-aithe polaitiúla, ealaíontóirí agus scríbhneoirí ar an tír! Le hardchultúr a tógadh é! Bhí Fraincis den chéad scoth aige, teanga nach raibh ach ag dornán beag de mhuintir na tíre, fiú i ré seo an Eorpachais! Ba mhór an stró a chuir sé air féin ag tógáil na teanga nuair a bhí sé ina dhéagóir, agus ba mhó fós an masla a thug sé dó féin ag foghlaim nósanna scríbhneoireachta na dea-Chácóinise le go bhféadfadh sé canúint shnoite a chur ar a chuid smaointe. Scríbhneoir de phór na sean-Phalemolcach a bhí ann, mórscríbhneoir! Mórscríbhneoir a rachadh i dtáin na litríochta sa Chácóin.

Ach ní raibh ciall ar bith ag Kaltepon do na cúrsaí cultúrtha i ndáiríre. Chomh sliopánta sleamchúiseach is a bhí sé i dtaobh na stíle de ní raibh ach dímheas aige ar shaothar liteartha Palemolk. Uair amháin chaith Kaltepon anuas ar mo dhuine agus ar a chuid scríbhneoireachta os comhair lucht ceannais na Gluaiseachta go léir chomh cliste is gur bhain sé gáire as an iomlán acu. Náiríodh Estepan go huile is go hiomlán, agus ar feadh tamaill chonacthas dó go raibh sé ar scoil arís, i Holomol in Oirthear na Cácóine, áit a ndearna sé a chuid bunscolaíochta, áit nach raibh tuiscint ar bith ag dul d'aon bhuachaill a roghnódh léitheoireacht thar lúithnireacht.

Cén fáth a raibh Estepan Palemolk ag caidreamh na ndaoine seo? Ar éigean a d'fhéadfadh sé féin an cheist a fhreagairt go sásúil. Ba é lomlán na fírinne ná nach raibh sé compordach i gcuideachta Kaltepon agus lucht a leanúna. Coimeádach náisiúnaíoch a bhí ann agus ní bheadh sé ar a shocracht i measc lucht an ilchultúrachais choíche ach an oiread, ar ndóigh. Nuair a chuaigh sé le náisiúnachas ba é a chinneadh féin é. Maidir le Kaltepon, Pontapea agus a leithéidí áfach, ní raibh de dhifríocht idir duine acu agus maolcheann cúlsráide ach culaith agus carbhat. Ba é dúchas instinneach an ainmhí aingiallta a chuir ag tabhairt fuatha do na ciníocha daite iad. Ní raibh a fhios acu a dhath i leith an chultúir Eorpaigh ná suim acu ann.

Bhí Estepan Palemolk in ann cuideachta na n-amadán sin a sheasamh, más ar éigean féin a bhí, ach nuair a tháinig na Rúisigh isteach sa scéal, thosaigh an t-iomlán dearg ag dul thar cheasaí air. Thairis sin mhothaigh sé a chuid néaróg ag teip air i bhfianaise na paranóia a bhí chomh coitianta i measc lucht na Gluaiseachta. Cuid de na malraigh ba bhómánta acu bhí mímhuinín acu as Estepan, ós scríbhneoir a bhí ann agus é ag léamh litríocht na Fraince sa bhunteanga. Chuala siad Estepan ag mallachtú Kaltepon faoina anáil, agus ba é seo an diamhasla nach maithfidís d'aon duine choíche. I ndiaidh bhás Kaltepon shíl cuid acu gurbh eisean a mharaigh an laoch mór, agus mar sin d'éalaigh sé lena anam le dul i bhfolach anseo.

Bheadh sé slán sábháilte san áit seo pé scéal é. Ba lena mhuintir an bothán agus na tailte ach ní raibh aon duine acu anseo le dorn blianta anuas, amach uaidh féin. Roimhe sin féin ní thaobhaíodh ach fear d'uncail-eacha Estepan an loch seo, nó ba é for agus fónamh a shaoil slataireacht a dhéanamh leis an gcorrphollán locha a mharú agus a fhriochadh. B'in é blas ceart an tsamhraidh dar leis an bhfear. Bhí an t-uncail ag iompar na bhfód anois, agus ní rithfeadh le haon duine de ghaolta Estepan féin gurb anseo a bhí sé ar a theitheadh. B'eadócha go dtiocfadh aon duine anseo ar aon séala eile ach an oiread.

Nó arbh ea, ina dhiaidh sin féin?

Bhí eagla agus drochamhras ag sleamhnú ar Estepan beagnach i nganfhios dó féin. Nuair a chuala sé ar an raidió go raibh na póilíní á chuardach ba dóbair dó a threabhsar a shalú agus an gheit a bhain an scéala sin as. Chuir sé an diabhal sceamhlacháin ina thost ar an toirt agus stad sé go hiomlán de bheith ag éisteacht leis na craoltaí. An raibh an Ghluaiseacht Ghlórmhar tar éis an stát go léir a shealbhú anois, an chumhacht a fhorghabháil? An raibh na póilíní ag glacadh orduithe uathusan? "Nuair a ghealfas lá mór an Chlaímh, cuir-fear leathchéad míle duine chun báis gan ghiúiré gan ghiúistís, gan mhoill gan mhallachar. Agus ní ag trácht ar Ghormaigh ná ar Mhuslamaigh atá mé anseo ach ar Chácónaigh eitneacha, orthu siúd a thréig ár gcine agus ár gcultúr. Mná a phós fir ghorma. Mulataigh a saolaíodh do na mná sin. Intleachtóirí a léigh an iomarca leabhar le scríbhneoirí eachtrannacha..." Sin é an cineál caint a bhíodh ar siúl ag Berto Kaltepon agus é tar éis deireadh an tsriain a bhaint dá theanga, agus nuair a bhí sé ag tagairt do lucht léite na leabhar coimh-thíoch d'fheicfeá corrdhuine de lucht a éisteachta ag tarraingt mhéire trasna úll a scornaí agus é ag gliúcaí-ocht go glic i dtreo Estepan.

Baineadh stangadh as mo dhuine go tobann, nuair a chuala sé torann gluaisteáin. Ní raibh sé ina aonar anseo a thuilleadh! Fuair na húdaráis amach faoin áit a raibh sé, agus anois bhí póilíní ag teacht faoina dhéin! Nó b'fhéidir go raibh colún reatha dá gcuid féin curtha i dtoll a chéile ag an nGluaiseacht Ghlórmhar, má bhí siad i gceannas ar an stát faoi láthair. Cineál *Cheka* nó *Gestapo* mar a déarfá, nó *Tontons Macoutes*, b'fhéidir, agus iad dírithe ar é a cheapadh agus a mharú faoi cheilt.... Shioc an fhuil ina chuid artairí nuair a rith an méid seo leis, agus é chomh scanraithe is nach bhféadfadh sé a mhása a ardú den chathaoir ná dul i bhfolach.

Chaith Estepan Palemolk nóiméad i ndiaidh nóiméid ar bharr amháin creatha ag éisteacht leis an ngluaisteán a bhí ag druidim isteach, isteach, isteach, níos cóngaraí don teach bheag samhraidh. Bhí na rothaí ag casadh ar an ngaineamh agus an t-inneall ag casachtaigh go cársánach. D'aithin Estepan faoina shála an dóigh a raibh an carr ag croitheadh na talún agus í ag teacht.

"Caithfidh sé gur veain mhór throm atá ann," a shíl Estepan. "Veain agus í lán póilíní b'fhéidir."

Ansin stad an veain in aice leis an mbothán, agus Estepan ina stangaire ag starógacht uirthi.

"An bhfuil aon duine anseo?" a chuala Estepan guth fir a rá. D'oscail an tiománaí doras an ghluaisteáin agus thuirling sé ar an ngaineamh.

Fear a bhí ann arbh as an Meán-Oirthear dó de réir dealraimh agus féasóg dhubh dhruidte air. Bhí meangadh gealgháireach air agus é ag freagairt radharc Estepan ar nós duine ionraic nach raibh a dhath ar bith le ceilt aige. Bhí súile donna fiosracha aige agus tríd is tríd thaitin sé le hEstepan mar dhuine. Ba mhór an faoiseamh dó, leis, nach aon chineál póilín rúnda nó neamhrúnda a bhí ann.

"Tá muid ar lorg Óstán Vor-Kaukapesko," arsa an fear, "ach dealraíonn sé go ndeachaigh muid ar strae. Is é an t-eolas a fuair muid ónár gcairde go gcaithfimis iompú ar dheis i ndiaidh dúinn crosbhóithre móra Kakula-Tervan a scoitheadh agus na coillte a fhágáil inár ndiaidh..."

Bhí Estepan eolach go maith ar éagasc tíre an cheantair seo agus mar sin thuig sé ar an toirt cad é a bhí i gceist ag mo dhuine. Shamhlaigh sé dó an t-ionad mór siopadóireachta timpeall ar chrosbhóithre Kakula-Tervan. Bhí an bothán seo suite sna coillte dorcha a casadh ar an tiománaí i ndiaidh dó imeacht ó na crosbhóithre. "Bhí tú ar an mbealach ceart," arsa Estepan, "ach ar ndóigh is bóthar mór leathan é bóthar an Óstáin. Thairis sin d'fheicfeá fógraí an Óstáin i bhfad roimh an áit féin. Tá soilse móra neoin acu ansin, tá a fhios agat. Thairis sin tiocfaidh deireadh leis na coillte roimh bhóthar an óstáin. Caithfidh tú filleadh go dtí an ród mór agus giota eile bóthair a chur díot ag tiomáint leat go dtaga tú a fhad leis an Óstán."

"Ceart go leor," arsa fear na féasóige. "Ach, cogar anois. An mbeadh cead ag mo bhean agus ag mo chuid clainne a gcnámha a bhogadh anseo ar feadh tamaill? Tá siad an-stromptha agus iad i ndiaidh trí huaire a chaitheamh ina suí sa charr."

Bean? Clann? Bhuel ceart go leor. Bhí cuma lách ar an bhfear agus b'fhéidir nach raibh caill ar bith ar an teaghlach ach an oiread. Thairis sin mhothaigh Estepan nach raibh drogall ar bith air na rudaí beaga a fheiceáil amuigh anseo. Theastaigh caidreamh agus cuideachta uaidh, agus cé nach raibh clann aige féin, ba mhaith leis páistí a chloisteáil ag súgradh ina thimpeall.

"Ó, tá sé ceart go leor," arsa Estepan. Ansin dúirt fear na féasóige rud éigin i dteanga dhothuigthe, agus thuirling a theaghlach den veain.

Beirt ghearrchailí beaga a bhí ann chomh maith le buachaill a bhí ní ba lú ná iadsan. Páistí deasa dathúla a bhí iontu, dar le hEstepan, ach mar sin féin ní raibh muinín cheart aige astu—as na cailíní go háirithe. Chomh mioscaiseach agus a bhí siad ag gáire bhí Estepan cinnte go mb'fhearr dó gan iad a ligean isteach sa bhothán, nó chuirfidís bun os cionn é i gciall liteartha an fhocail.

Bean réasúnta óg ab ea máthair na clainne, agus cé go raibh sí ag caitheamh éadaí Muslamacha nár fhág mórán le feiceáil bhí sí gealgháireach go maith, díreach cosúil leis na hiníonacha. Ní raibh mórán caille ar chuid Cácóinise an athar, ach is ar éigean a d'aithneofá an mháthair thar bhean de mhuintir dhúchasach na tíre ar a caint, chomh binn blasta is a bhí an teanga aicise. "Mise Maryam Yusufzai-Herati," ar sise le hEstepan, "agus Mahmud Herati atá ar m'fhear céile. Is as an Afganastáin dúinn ó thús. Cad is ainm duitse?" "E–Estepan," a d'fhreagair mo dhuine. "Estepan Parsikok," a chuir sé leis an méid sin sa deireadh. Ba é Parsikok sloinne a mháthar, ar ndóigh, agus sloinne an uncail mhairbh. Le fírinne bhí ainm agus sloinne an uncail litrithe go feiceálach ar dhoras an bhotháin i gcónaí: MARKO-ELDAR PARSIKOK.

Chaith Mahmud súil ar an trealamh a bhí fágtha in aice le balla an bhotháin: bhí slat, roithleán agus bosca lán baoití ann. "An ag iascach atá tú anseo?"

Bhí cúpla triail bainte ag Estepan as an gcaitheamh aimsire sin féin le maolú ar a neirbhís, ach má bhí níor éirigh leis oiread is breac amháin a ardú. "Bhuel," arsa Estepan, "is maith liom iasc nó dhó a mharú ó am go ham ach déanta na fírinne nílim anseo ach le sult a bhaint as an aer glan."

"An bhfuil tú i d'aonar ar fad anseo?" a d'fhiafraigh Mahmud. D'aithneofá ábhairín trua ar a ghuth. Fear mór comhluadair a bhí ann agus ba é an t-aon rud i saol na Cácóine nár thuig sé ná chomh doirte is a bhí bunadh na tíre don uaigneas.

"Tá," arsa Estepan. "Nuair a bhí mé i mo bhuachaill bheag ba é m'uncail a thugadh anseo mé. Leis siúd an áit seo go bunúsach ach tá sé tar éis bháis anois. B'eisean an fear mór iascaigh dháiríre, ach is maith liom teacht anseo scaití le mo mharana a dhéanamh ar an bhfear bocht agus ar an saol a bhí agam anseo i mo pháiste dom."

Tine sa Chácóin

D'éist Mahmud leis an méid sin go haireach, agus ba léir gur thaitin an fear óg leis, chomh tugtha tiomanta is a bhí sé do chuimhne an uncail. Bhí na páistí ag rith ar fud na háite ag súgradh, agus an mháthair ag déanamh a dhíchill iad a choinneáil ón uisce. D'impigh sí go mífhoighneach ar a fear céile smacht éigin a chur ar na gasúir, agus rinne Mahmud cúpla iarracht a ghuth a ardú agus cuma an athar údarásúil a ghlacadh air féin, ach má rinne, ba léir nár dhual dó a leithéid. Bheadh sé chomh maith agat geáitsí an leoin a mhúineadh don chaora.

"Bíonn siad cineál místiúrtha, mar pháistí," arsa Mahmud go leithscéalach le hEstepan, "ach is leasc liom bheith feargach leis na rudaí beaga tá a fhios agat." Sea, ba léir go raibh grá mór aige dá chlann agus gurbh iad na tachráin seo ciall agus cuspóir a shaoil. Tháinig meangadh mór gáire ar Estepan nuair a chuala sé an méid sin ó Mhahmud. Cinnte níorbh eisean an "patrarc Ioslamach" a mbeadh súil aige leis roimhe seo dá gcluinfeadh sé cuairteoir ón Afganastáin chuige.

Chuir Estepan cúpla ceist ar an lánúin faoi chúrsaí polaitiúla na tíre, ach is é an t-aon rud a tháinig chun solais ná gur chuma leo. Ar ndóigh chuala siad trácht ar dhúnmharú Kaltepon, ach má chuala, ní raibh suim ná suiméad acu san fhear ná ina chuid tuairimí. Ní raibh ann ach duine eile de na tuathghríosóirí is na fuathghríosóirí a bhí ag déanamh a ndíchill le saol na ndaoine eile, lucht inimirce ach go háirithe, a chur ó mhaith. Cé a d'aithneodh thar a chéile iad? Déanta na fírinne ba díol iontais d'Estepan chomh fuar is a bhí Mahmud agus Maryam sa Ghluaiseacht Ghlórmhar go léir. Ach ar ndóigh ba iad na páistí lárphointe a saoil, agus sin a raibh de.

Ní raibh na leanaí i bhfad ag tuirsiú den ruaille buaille a bhí ar siúl acu, agus ansin ghlac Mahmud agus Maryam leis go gcaithfidís aghaidh a thabhairt ar a gceann scríbe arís. Thug Estepan eolas cruinne an bhealaigh dóibh in athuair agus bhreac sé síos cineál mapa simplí ar chuir sé míniúcháin scríofa leis.

Chaith sé toitín amháin eile fós, ach ansin tháinig bean de na gearrchailí beaga ag labhairt leis, agus gnúis bhuartha uirthi. "Nach bhfuil a fhios agat go bhfuil nimh sa tobac?"

Sin é an cineál caint a chloisfeá ó leanaí sona soineanta, ar ndóigh, agus ba dhóbair d'Estepan gáire a dhéanamh faoi fhocail an pháiste. Ansin áfach tháinig sé ar athchomhairle agus d'fháisc sé an dé as a thoitín sula raibh sé críochnaithe aige. Mhínigh sé don tachrán gur thosaigh sé ag caitheamh nuair a bhí sé ina bhuachaill óg gan chiall agus nach ndeachaigh aige éirí as an drochnós ina dhiaidh sin. Níor thaitin a chuid leithscéalaíochta leis an ngearrchaile, nó d'impigh sí air na toitíní a thréigean scun scan, sula mbeadh sé ró-dhéanach aige.

"Tá mo thoitín múchta anois," ar seisean leis an leanbh. "An bhfuil tú sásta anois?"

Bhí an tachrán sásta, agus d'fhág sise slán agus beannacht go múinte ag Estepan sular bhailigh sí léi in éineacht leis an gcuid eile den teaghlach.

D'fhág Mahmud agus Maryam bosca beag ag Estepan, agus cineál brioscaí taobh istigh—bhí siad beag bídeach ar fad agus blas deas piostáise iontu. Chuir Estepan an caife ar gal ar an gcócaireán campála le cupán nó dhó a shnáthadh leis na brioscaí agus lán a shúl a bhaint as loinnir na gréine ar thonnta an locha.

Tine sa Chácóin

D'admhaigh sé leis féin nár bhain sé ach sult as cuairt
ghairid an teaghlaigh ón Afganastáin. Ní raibh cuimhní
a chéad óige go ródheas, ach mar sin féin nuair a
chluineadh sé páistí ag gleo máguaird, mhothaíodh sé
cumha aisteach in íochtar a chroí, agus deora ag teacht
leis, cé gur fear fásta a bhí ann.

Ní raibh ábhar cumha aige i ndáiríribh. Bhíodh a
thuismitheoirí sách dian ag tógáil a gclainne, agus iad
ag ceilt cuid mhór de shult an tsaoil ar Estepan, siúd is
nach mbíodh siad spárálach ar aon nós ag tál a ngrá ar
a mac. Go bunúsach theastaigh uathu féachaint chuige
nach séanfadh an buachaill oidhreacht mhuintir
Palemolk, b'in é ba chúis le pé diansmacht a d'fhulaing
Estepan uathu. Ón taobh eile de b'ionann blianta na
scoile i saol Estepan agus Ifreann ar dhroim an
domhain. Dá gcuirfeá an cheist ar mo dhuine cérbh é
an cara ab fhearr a bhí aige san am sin, ní fhéadfadh sé
freagra ar bith a thabhairt. Níor chuimhin leis ach na
naimhde ba mhó a bhíodh á chéasadh. Nuair a chuaigh
sé siar ar bhóthar na smaointe chonaic sé na malraigh
úd, nach raibh iontu riamh ach maistíní beaga nach
mbainfeadh aghaidh a gcraois ach gáire as aon fhear
fásta,—chonaic sé ina mbithiúnaigh mhillteanacha iad,
ina bhfathaigh neamhshaolta nach dtabharfadh ach
Superman nó laoch osdaonna eile a ndúshlán.

Mar sin ní raibh cumha air i gciall cheart an fhocail.
B'fhearr a rá go raibh caitheamh aige i ndiaidh na
hóige sona a bheadh aige dá mbeadh cónaí air in áit ba
leathanaigeanta ná Holomol. I ndiaidh na bhféidear-
thachtaí nach raibh ar fáil dó. Anois áfach tuigeadh dó
nárbh fhiú bheith ag gol in áit na maoiseoige. Ghlac sé
leis go gcaithfeadh sé leor a ghabháil lena raibh aige

agus a chuid féin den tsaothar a dhéanamh le féachaint chuige go mbeadh saol ní ba shona ag páistí na glúine úire. Cosúil le clann na lánúine úd a bhí díreach tar éis cuairt gan choinne a thabhairt air. Dhéanfadh sé rud fónta éigin lena shaol anois. Agus ba é an chéad rud a dhéanfadh sé ná an traein a thógáil go dtí an phríomhchathair le hé féin a chur in iúl do na póilíní agus a scéal a insint dóibh. Chaithfeadh sé freagracht a ghlacadh as a ndearna sé nuair a bhí sé ag caidreamh bhithiúnaigh na "Gluaiseachta Glórmhaire".

Bhí airgead tirim aige i gceann de tharraiceáin na seandeisce istigh sa bhothán, airgead a cheannódh ticéad traenach dó anois. Nuair a d'imigh sé ó Mholopea lena aghaidh a thabhairt ar an áit seo, bhain sé slám maith airgid dá chuntas, le nach gcaithfeadh sé tarraingt ar uathmheaisín an bhainc amuigh anseo go ceann i bhfad. Bhí eagla air san am go bhféadfadh na póilíní teacht ar a lorg san iargúltacht seo féin dá rachadh sé timpeall ag sá a chárta i mbéal an dá mheaisín airgid a bhí ar fáil dó amuigh anseo, ceann acu san ionad siopadóireachta agus an ceann eile san óstán arbh é ceann scríbe an teaghlaigh Afganastánaigh é. Cinnte bhí rochtain ag na húdaráis ar shonraí an bhainc má theastaigh uathu.

Bhuel ní raibh sé buartha faoi sin a thuilleadh ach mar sin féin b'fhearr leis gan bacadh leis na póilíní áitiúla. Ba mhinic a chuala sé Pontapea ag maíomh as an dea-chaidreamh a bhí aige lena lán péas faoin tuath nó sna cathracha beaga, agus cé go raibh an chuma ag teacht ar an scéal nach raibh ann ach gaisce gan cur leis, ghlac Estepan leis go mb'fhearr dó gan dul i dteagmháil le lucht an dlí sula mbeadh sé sa phríomhchathair agus lárionad na bpóilíní bainte amach aige.

B'éadócha leis áfach go gcuirfeadh aon duine cron ann. Tháinig féasóg dhruidte air le linn na tréimhse a chaith sé anseo, agus dá gcuirfeadh sé seanhata a uncail agus spéaclóirí dubha gréine air féin, ní aithneodh a mháthair é.

11
Is Treise Dualgas ná Grá

Baineadh stangadh as Traud nuair a chonaic sí uaithi an bhean, an fear agus an páiste ag déanamh spaisteoireachta i bPáirc Taropan, giota réasúnta bealaigh ón otharlann i dtreo cheantar na siopaí. Ba é Viktor an fear, ba í Victoria an páiste...ach anois, cérbh í an bhean úd? Shílfeá go raibh Margret tar éis aiséirí a dhéanamh.

Bhí Margret adhlactha cheana. Tháinig Traud go dtí an tsochraid ina haonar, ó bhí sise agus Makar inbharúla i gcónaí gur ábhar drochfhola a bheadh ann dá bhfeicfí póilín ansin, go háirithe póilín a ghlac páirt i léigear na hotharlainne. Bhí muintir an mharbháin ann agus an fear céile ag titim as a sheasamh le teann bróin. An chuid eile den lucht méala d'fhan siad ina dtost ag triomú na ndeor, ach níor cheil Viktor an dóigh a raibh a bhris ag goilleadh air. "Ba í aingeal mo tharrthála í," ar seisean, "ba ise a tháinig chun fortachta chugam nuair a bhí an tóin ag titim as mo shaol." Bhí an chuma ar an scéal nach raibh a fhios ag Viktor cad é a dhéanfadh sé feasta in uireasa a mhná. Bhí rabhchán a shaoil imithe, agus ní raibh treo ná treoir fágtha aige.

Ansin tháinig an tuiscint cheart ag Traud. Tanja, deirfiúr na mná mairbhe, a bhí ann, an cailín nach raibh ach ag baint amach a hArdteastais i mbliana. Shílfeá, ag breathnú orthu duit, gur lánúin shean-bhunaithe ab ea iad agus gurbh í Tanja máthair an tachráin bhig. Níor chuir siad sonrú i dTraud, agus níor thosaigh sise ag beartú leathláimhe le súil na díse a tharraingt ina leith féin. Nuair a casadh Tanja uirthi an chéad uair eile, áfach, d'fhiafraigh Traud den ghirseach, cén cineál caidrimh nó cuideachta a bhí sí a choinneáil leis an mbaintreach fir.

"Tá mé ag tabhairt aire do Viktor agus don leanbh bhocht. B'fhéidir go bpósfaidh muid an lá is faide anonn," arsa Tanja.

Bhain an méid sin stangadh as Traud, rud a thug an cailín óg faoi deara.

"Fear maith é mar is eol duit," arsa Tanja. "Ní bhfaighinn ó mo chroí é a fhágáil ar an mblár folamh, go háirithe nuair atá an páiste le tógáil aige. Dúirt sé féin gurbh í mo dheirfiúr an t-aon ancaire amháin a bhí aici ar an saol seo. Mar sin is léir go bhfuil ancaire nua de dhíth air le caoi éigin a choinneáil air féin." Rinne Tanja sos beag agus lean sí léi arís. "Anois is dócha go gcuirfidh tú ceist orm an bhfuil caidreamh craicinn agam le Viktor. Le fírinne is cuma duit faoi, ach má phósaim é is dóigh liom gur cuid den mhargadh é sa deireadh, nach ea?"

Mhothaigh Traud a leicne ag dul i dteas. B'fhíor do Tanja: sin é an cheist a thug sí in amhail a chur, agus ní raibh sí féin cinnte cén fáth. An raibh Viktor tar éis brú éigin a chur ar an gcailín lena chuid a fháil uaithi? Fear deas a bhí ann go bunúsach ach anois bhí sé in umar an éadóchais agus d'fhéadfadh sé dul thar cheasaí le teann bróin.

"Ní dhearna sé a dhath as cosán," arsa Tanja. "Ba é mo chinneadh féin é. Agus tháinig mé i mbun mo mhéide i mbliana tá's agat. Dá mbeadh toghchán ann d'fhéadfainn vóta a chaitheamh, agus tá ceadúnas tiomána agam cheana féin. Mar sin is fearr duit cúrsaí mo chleamhnais a fhágáil fúm féin." Bhí dúshlán agus diúnas le cloisteáil go soiléir i nguth an chailín, rud a bhain geit as Traud.

"Bhuel ceart go leor más é do chinneadh féin é," arsa Traud. "Ach anois, tá tú chomh hóg sin..."

"Níl tusa mórán níos sine ná mé féin," arsa Tanja.

"Níl muise, ach anois, nach mb'fhearr leat...nach mb'fhearr *duit*... titim i ngrá le buachaill éigin ar an ngnáthdhóigh?"

Lig Tanja gnúsacht mhíshásta. "Grá..." ar sise go dímheasúil. "An bhfuil a fhios agat cad é a chuir an smaoineamh seo i mo cheann an chéad uair riamh? Tá a fhios agat cé hí Farzaneh nach bhfuil?"

Bhí a fhios ag Traud cérbh í. Cailín ón Afganastáin a raibh aithne mhaith ag Tanja uirthi, bean óg éirimiúil agus í dírithe ar fhisic a staidéar san ollscoil. Bhí sí geallta d'fhear óg de phór na hIaráine a bhí ina shain-eolaí mhór ríomhaireachta.

"D'inis Farzaneh dom faoin saghas saoil a bhí ag a muintir agus í ina leanbh beag, agus cúrsaí a dtíre dúchais ina gcíor thuathail san am, bhuel díreach mar atá siad inniu is dóigh liom. Fuair an deirfiúr nó an col ceathar bás agus ansin chaithfeadh an chuid eile den mhuintir clann an mharbháin a ghlacadh chucu, b'fhéidir go raibh cleamhnas nua le socrú chun na páistí a tharrtháil, ach ansin bhí siad breá sásta an pósadh sin a dhéanamh leis an dualgas a chomhlíonadh. Bíonn na daoine gan stad gan staonadh ag cur na ceiste orthu féin, cad é is cuspóir don tsaol agus cén fáth ar rugadh iad ar aon nós. An duine a bhfuil dualgas air tá a fhios aige cuspóir a shaoil. Ní chaithfidh sé a chuid laethanta a chur amú ag déanamh a mharana ar sheafóid eiseach de shaghas éigin. Ná bheith idir dhá chomhairle faoi, ar phós sé an duine ceart i ndáiríre, nó an bhfuil sé i ngrá leis an duine sin i ndáiríre. Is treise dualgas ná grá, go háirithe an cineál grá a chodail amuigh."

Ní raibh Traud in ann freagra ar bith a thabhairt. Ar éigean a bhí sí ábalta an cailín os a comhair a aithint, nó bhí gnúis ar Tanja nach bhféadfá a shamhlú le bean chomh hóg sin. Agus mhothaigh Traud na deora ag teacht léi nuair a smaoinigh sí ar an scéal i ndiaidh di slán a fhágáil ag an ngirseach óg. Bhí Tanja, cailín ón gCácóin, ón tír ba shíochánta amuigh, bhí sí ag réasúnaíocht cosúil leo siúd a tháinig anseo ar lorg tearmainn ó uafáis a dtíre féin. A fhad sin chun donais a chuaigh na cúrsaí, i ndáiríre!

Ní raibh mórán marana déanta ag Traud ar an tírghrá mar rud riamh roimhe seo, ach nuair a thug sí aghaidh ar a hárasán féin i ndiaidh di slán a fhágáil ag Tanja, d'aithin sí fearg de chineál úr ar coipeadh in íochtar a croí. Bhí fearg uirthi in athuair leo siúd a mharaigh a cara, toisc go bhfuair cuid den Chácóin féin bás sa teagmháil: an tsíocháin ba dhual don tír riamh, an tsábháilteacht a shamhlaigh Traud le fód a dúchais ó laethanta a leanbaíochta i leith.

Is Treise Dualgas ná Grá

Nuair a d'inis sí an scéal do Mhakar, ba bheag focal a d'fhan aige siúd. Ag smaoineamh ar chinneadh Tanja dó rith leis gurbh iad na mná a choinnigh an saol ag imeacht riamh, na mná misniúla ar mhair an sracadh iontu go lá a mbáis. Bhíodh na fir ag dul lena gcuid idéeolaíochtaí seafóideacha, ag cur cogaí agus ag sceimhlitheoireacht, agus ansin chaithfeadh cailíní ciallmhara cosúil le Tanja óg an phraiseach a ghlanadh i ndiaidh na n-amadán. Níl ionainn mar fhir ach leanaí móra, a shíl Makar. Níl inár gcuid gnóthaí tábhachtacha, mar dhea, ach baois. Sinne, na fir, níl ionainn ach ruainní féir, nó ruainní luifearnaí b'fhéidir, agus nuair a shéidfeas Dia A ghaoth anuas orainn, ní fhágfar a dhath dínn. Do na mná a shaolaítear clann, na mná a thugas suas na páistí, agus na mná a adhlacas an fear céile, an t-athair, an seanathair.

Rith deoir anuas le leiceann an bhleachtaire nuair a bhí na smaointe seo ag dul trína intinn, agus chuir Traud a lámha timpeall ar an bhfear go buartha. Níor lig Makar a racht léi, áfach, cé gur impigh sí air a mhíniú di cad é a bhí ag dó na geirbe aige.

Idir an dá linn bhí Estepan Palemolk díreach ag teacht go Molopea. Bhí sé breá sásta lena shaol agus leis an gcinneadh a bhí glactha aige. Bhain sé sult as creathanna na traenach féin ar ailt na raillí, agus é ag cabaireacht go gealgháireach leis na mná óga a casadh air ar an bproinncharr. Níor aithin aon duine gurbh eisean an fear a raibh barántas ag na póilíní air. Le fírinne níor aithin sé é féin ar an ngrianghraf a chonaic sé ar an nuachtán: fuair an buachaill sin bás agus tháinig Estepan nua ina áit.

Nuair a shroich an traein stáisiún na príomh-
chathrach, bhí an chéad bhuíochán díreach ag teacht ar
an lá in oirchill an tráthnóna. Mar sin ab fhearr le
hEstepan a chathair féin a fheiceáil, agus mar sin a
mhol na hamhránaithe riamh í—an solas aisteach, idir
rua agus buí, agus é ag lasadh suas ar bhallaí na dtithe.
Bhí Estepan sa bhaile anois, agus é meáite ar aghaidh
a thabhairt ar bheairic mhór na bpéas a thúisce agus
ab fhéidir.

Cé go raibh ceapaire ite aige ar an traein mhothaigh
sé fear gortach ag teacht air arís agus rith leis nach
ndéanfadh sé dochar ar bith dó béile scroidchuntair a
fháil anseo. Cheannaigh sé martbhorgaire agus canna
Coca-Cola ag both an bhia ghasta, agus chomh gliond-
rach agus a bhí sé chaith sé seal ag spallaíocht le cailín
an chuntair. Tuirseach is uile mar a bhí sise i ndiaidh lá
fada oibre a chur di thaitin geáitsí an fhir óig léi.
Buachaill deas ab ea é, diabhal urchóid ag baint leis,—
sin é an tátal a bhain sí as Estepan. Ní chreidfeadh sí go
raibh Estepan tríocha bliain d'aois cheana féin, le
fírinne shíl sí gur mac léinn ón ollscoil a bhí ann.

Agus b'fhéidir go raibh cuid mhór den cheart aici, ar
bhealach. Ní raibh Estepan Palemolk óg riamh roimhe
seo. Ní raibh teagmháil cheart aige leis an gcuid eile
den chine dhaonna ach anois. An col a bhí aige leis na
ciníocha coimhthíocha ní raibh ann ach gné den mhí-
mhuinín a bhí aige as na daoine go léir. Nuair a
thuirsigh sé den chéad rud thuirsigh sé den dá rud.

Ar chríochnú an mhartbhorgaire dó d'ardaigh sé a
shúile agus chonaic sé go raibh fear ina sheasamh os a
chomhair. Póilín a bhí ann.

"Dia duit, is mise an Constábla Tanel Takapask," arsa an pílear go gruama. "Ba mhaith liom do chárta aitheantais a fheiceáil."

"Cinnte," arsa Estepan agus thum sé lámh i bpóca a bhríste. Tharraing sé amach a thiachóg agus shín sé an leabhrán beag dúdhearg chuig an gConstábla. AN tAONTAS EORPACH—EUROPÄISCHE UNION, sa dá theanga: POBLACHT NA CÁCÓINE—REPUBLIK KAUKONIEN.

D'oscail Takapask an pas agus sheiceáil sé ainm an tsealbhóra. Sméid sé a chloigeann go sásta nuair a thuig sé nár mheath a bharúil air: ba é Estepan Palemolk a bhí aige anseo.

"An bhfuil a fhios agat go bhfuil tú ag teastáil uainne?"

"Cinnte," arsa Estepan. "Ar an séala sin a tháinig mé go Molopea. Bhí mé ar saoire i gceantar na loch ag marú polláin agus ní bhfuair mé amach faoin mbarántas a bhí orm ach inné. Tá mé breá sásta cabhrú leis na póilíní ar gach uile bhealach."

Ábhar faoisimh a bhí ann don Chonstábla, ach ní raibh sé rómhuiníneach as Estepan go fóill. Mar a cuireadh an scéal in iúl dó shíl sé gur sceimhlitheoir scanrúil a bhí in Estepan, agus ní raibh súil ná coinne aige leis an mbuachaill réidh réchúiseach seo ar aon nós.

"An gcuirfidh tú glais lámh orm?" a d'fhiafraigh Estepan go magúil. "Is é sin, an é an modh ceart oibre agaibh é?"

"Bhuel níl iallach ar bith orainn, chomh sochomhairleach atá tú."

Tine sa Chácóin

"Ceart go leor," arsa Estepan go sona. Thug sé in amhail a iarraidh ar an gConstábla go gcuirfeadh sé glais lámh air mar sin féin, nó theastaigh uaidh gach freagracht a thabhairt uaidh agus aimhréidh iomlán a shaoil a fhágáil faoi na péas. Mar a chonacthas dó féin bhí sé chomh maith aige na geimhle a ghlacadh air as a stuaim féin. Sa deireadh ní dhearna sé é, nó tháinig saghas náire air: bheadh sé cineál áibhéalach i ndiaidh an iomláin.

Shuigh sé síos ar chúlbhinse an phatrólchairr. An fear a tháinig ag cur forráin ar Estepan, bhí seisean ag tiomáint an chairr, agus an fear eile ar an suíochán cúil in éineacht leis an "bpaisinéir". D'ardaigh an tiománaí an guthán siúil lena chur in iúl don lárionad cé a bhí ag teacht ar cuairt.

Bhí Makar Turkan ina sheasamh in aice le fuinneog mhór a árasáin i mbun a mhachnaimh. Bhí radharc aige ar shoilse ildaite na lárchathrach i bhfad uaidh is uile mar a bhí siad, agus na cuimhní cinn ag teacht trína intinn. Ní raibh an fiosrú ag dul ar aghaidh mar ba chóir. Ar ndóigh tháinig an chuma ar an scéal gurbh é Pontapea a mharaigh Kaltepon, ach cá raibh Pontapea? A thásc ná a thuairisc ní raibh ar fáil.

Nuair a tháinig Samael Tompar, ceann feadhna na sceimhlitheoirí otharlainne, chuige arís, chuaigh Makar ag cur ceisteanna air, ach má chuaigh ní raibh gar ar bith ann. Ba léir dó féin go raibh téarma príosúnachta ag dul dó, ach ba chuma sa diabhal leis faoi. "Ní thugaim aitheantas ar bith do rialtas na n-ilchultúr-aithe," ar seisean, agus meangadh mioscaiseach gáire ar a bheola. "Tá tú féin á gcosaint siúd atá ag iompórtáil Gormaigh agus Muslamaigh le mionlach faoi chois a

dhéanamh de mhuintir dhúchasach na Cácóine."
Maidir le bás Mhargret, rud ar chuala an sceimh-
litheoir trácht air cheana féin, ní dhearna sé ach gáire
faoi, sclogaireacht gáire a chuirfeadh tarraingt orla ort.
"Ní raibh inti ach bean Ghearmánach, a sliocht siúd a
rinne treaspás ar ár dtír anallód. Caithfidh na Gear-
mánaigh dul abhaile go dtí an Ghearmáin, sin nó an
pionós a sheasamh, an pionós a ghearrfas lámh láidir
an Chácónaigh dóibh. Iadsan a chuir síol an ilchultúr-
achais sa tír seo. Tá siad díreach cosúil leis na Giúdaigh,
an dóigh a bhfuil siad ag stocaireacht orainn." Lig an
fear gáire as arís. "Tá sé ciallmhar ar fad mná Gear-
mánacha a mharú, creid uaim é. Bean Ghearmánach
atá againn inniu, agus muirín iomlán de leanaí
Gearmánacha uirthi amárach. Beidh na tachráin sin go
léir ag cabaireacht as Gearmáinis ar fud na háite, agus
nuair a thiocfas siad i mbun a méide beidh siad ag
nimhiú mhuintir agus shaol na Cácóine lena gcuid
leanna, ag teacht le chéile ina gcuid cumann trádála le
pleananna a ghlacadh chun an fear oibre Cácónach a
dhúshaothrú..."

Tháinig coinnle fíochmhara i súile Tompar agus é ar
an téad seo, agus sa deireadh d'ardaigh Makar a ghuth
go garbh leis an diabhal fear a chur ina thost, an dóigh
a raibh sé ag cur i dtíortha. Bhí an fear sásta stad den
ráig rámhaillíochta a bhí ar siúl aige, ach má bhí féin ba
léir nach raibh sé faoi shotal ar bith do Mhakar. Bhí a
anam ar bharr lasrach le hidé-eolaíocht na mídhaonn-
achta radacaí, agus ba dóigh leis go raibh sé ar aon
leibhéal le Dia ag socrú leis féin cé a bhí le bás a fháil
agus cé a bhí le fágáil ina bheo.

Tine sa Chácóin

Maidir le Nestor Pontapea, údar gáire eile a bhí ann do Tompar nuair a tuigeadh dó go raibh na póilíní ag síleadh gurbh eisean a mharaigh Kaltepon. "Nestor Pontapea, muise tá sé ina dhiabhal chruthanta cé gur seanleaid é agus boladh an mhúin as. Ní bhéarfaidh sibh air nó fuair sé bréagán ó na Rúisigh a bhainfeadh scanradh asat dá mbeadh a fhios agat cad é an sórt atá ann. Ní ghéillfidh sé é féin do na péas—is túisce a chuirfeas sé an phríomhchathair ar fad de dhroim an domhain. Ná síl nach mbeadh deis a dhéanta ag Nestor." Céard faoi dhúnmharú Kaltepon?

Rinne Samael Tompar gáire nuair a chuala sé trácht ar an dúnmharú. "Is cuma cé acu beo nó marbh do Kaltepon. Beidh an lá leis i ndeireadh báire. Beidh a chuid smaointe á bhfoghlaim de ghlanmheabhair ag na páistí scoile feasta. Ní chreidfidh aon duine sa tseafóid faoi na Gormaigh mar dhaoine ar aon leibhéal leis an gcine geal. Ní bheidh focal Gearmáinise le cloisteáil sa tír seo. Déan do mharana air sin, a amadán! Ní bhfaighidh tú amach choíche cé a mharaigh Kaltepon, agus is cuma. Tá sé níos beo inniu ná riamh."

Tríd is tríd ní raibh a dhath ar bith le baint as Samael Tompar. Fanaiceach amach is amach a bhí ann agus é in ann cabaireacht a dhéanamh gan aon rud úimléideach a rá leat.

Bhí Makar Turkan i ndiaidh seal a chaitheamh sna póilíní, agus é cruaite cranraithe ag na blianta. Mar sin féin bhí sé sceimhlithe scanraithe ag Samael Tompar, chomh míthrócaireach, chomh tarcaisniúil is a bhí an bithiúnach sin i leith na ndaoine a fuair bás de dheasca na n-imeachtaí san ospidéal.

Is Treise Dualgas ná Grá

Ar nós gach uile dhuine a chuala iomrá ar an Uile-loscadh ba mhinic a chuir Makar an cheist air féin, conas ab fhéidir le haon duine dul le Naitsíochas. Shílfeá gur chreid siad go dtiocfadh ollmhaitheas éigin as an iomlán a shaorfadh ó chion iad pé cineál uafáis a bheadh déanta acu idir an dá linn. Nuair a bhí an bleachtaire ag labhairt le Tompar, áfach, níor aithin sé taobh thiar den chíocras fola ach tuilleadh den earra chéanna. Fuair Makar an Stailíneachas féin ní b'intuig-the, nó ba é an rud a gheall na Cumannaigh ná gurbh é seo an cath deireanach idir sinn agus bráithreachas an chine dhaonna—*Völker, hört die Signale, auf zum letzten Gefecht*,[1] mar ba nós le Cór Cheardchumainn Ghearmánacha na Cácóine, *der Kaukonisch-Deutsche Gewerkschaftschor*, a chanadh. Cosúil leis sin bhí Makar in ann inneall intinne na sceimhlitheoireachta Mus-lamaí a aithint agus a thuiscint: más fear óg ar bheagán saoltaithí a bhí ionat agus tú míshásta le do shaol i ngleann seo na ndeor, bheadh claonadh éigin ionat géilleadh don tseanmóirí bhunchreidmheach a bhí ag gealladh aoibhneas an tsaoil eile duit ar acht is go mbeifeá sásta misean féinmharaithe a chomhlíonadh. Maidir le Samael Tompar agus a leithéidí, áfach, ní raibh a dhath le tairiscint acu seachas doirteadh fola mar chuspóir ann féin. Ní thuigfeá cad é a mheallfadh aon duine chun catha in éineacht le leithéidí Tompar, fiú más duine óg amaideach féin a bhí ann. Bhí daoine óga ar lorg réalt eolais dá saol riamh, cinnte, agus cuid

---

1 "Tugaigí cluas don ghairm shlógtha, a chiníocha, go gcroma sibh ar an troid deiridh." (Sliocht as an leagan Gearmáinise den *Idirnáisiúntán*, amhrán catha an lucht oibre. Emil Luckhardt a chum an téacs Gearmáinise. Tabhair faoi deara nach bhfuil na focail *Völker hört die Signale* bunaithe ar an mbunleagan Fraincise a tháinig ó pheann Eugène Pottier.)

acu bheidís sásta leis an drochphláinéad féin, ach anois, cé a leanfadh Samael Tompar?

Má bhí tú ag iarraidh caint a bhaint as sceimhlitheoir bunchreidmheach nó cléradacach chaithfeá a thuiscint gurbh é an mhoráltacht a chuir ar bhealach a mhíleasa ar dtús é. Mar sin bhí sórt luamháin agat lena chur ar a mhalairt de bhealach ar acht is go raibh tú in ann a chur ina luí ar mo dhuine go raibh a chuid míghníomh-artha ag teacht salach ar an moráltacht chéanna a bhí sé ag iarraidh a chosaint leis na míghníomhartha sin. Ní raibh an luamhán sin agat le hintinn Tompar a chasadh, áfach. Ba é an dúnmharú an t-aon mhorál-tacht a bhí aige. Theastaigh uaidh daoine macánta a mharú toisc gurbh é sin an rud morálta dar leis.

Agus má bhí cultúr glan-Chácónach, glan-Chácóinise de dhíth ar leithéidí Tompar, cá bhfágfadh a gcuid iarrachtaí, abair, saothar Johann Friedrich Kaukius? Scríbhneoir a bhí ann a bhreac síos an t-úrscéal rómán-súil úd *Scéalta an Leifteanant* thiar sa naoú céad déag, leabhar inar ríomh sé imeachtaí staire na Cácóine mar a rith le seanleifteanant iad agus é á n-insint do shliocht a shleachta. Bhí Makar doirte ar fad do na heachtraí sin nuair a bhí sé ocht mbliana d'aois, agus níor thaise do na buachaillí eile é: ba mhinic a bhídís ag déanamh aithrise ar laochra na scéalta céanna agus iad amuigh ag súgradh. Rinneadh sraithscéal teilifíse den úrscéal freisin, ní nárbh ionadh. Bhí na heachtraí sin cosúil le saothar Walter Scott, dar le lucht léinn na litríochta, ach ba é barúil Mhakar go raibh Scott leadránach ar fad i gcomparáid lenar tháinig ó pheann Kaukius.

Is Treise Dualgas ná Grá

Ba é oighear an scéil, áfach, gurb í an Ghearmáinis a bhí ag Kaukius ón gcliabhán: bhí sé in ann comhrá éigin a dhéanamh as Cácóinis, ach ní thiocfadh leis téacs iomlán a bhreacadh síos sa teanga sin. Ina theanga dhúchais a scríobh sé an leabhar, gan ach focal Cácóinise anseo agus ceann eile ansiúd leis an gcraiceann ceart a chur ar an scéal, ach maidir leis na laochra bhí ainmneacha Cácóinise ar an gcuid ba mhó acu. Fear de na scríbhneoirí móra Cácóinise a chuir teanga na tíre ar *Scéalta an Leifteanant* le go bhféadfadh Makar beag agus a chomhaoiseanna nach raibh Gearmáinis acu go fóill sult a bhaint as na heachtraí.

Dá mbeadh Tompar agus a leithéidí ag rialú na tíre, an mbeadh cead ag aon pháiste an clasaiceach sin—agus a lán eile den chineál chéanna—a léamh in aon teanga?

I mbun a mhachnaimh dó mhothaigh Makar go raibh a ghuthán póca ar bharr amháin creatha. Rug sé ar an bhfón agus d'fhreagair sé é.

"Makar Turkan ag labhairt."

"Mise Art-Zakar Renikan, a Mhakar. Cogar, fuair muid cuairteoir as an ngnáth. Tháinig Palemolk go Molopea le hé féin a chur in iúl dúinn agus é sásta a chuid eolais a roinnt leis na póilíní. An mbeifeá sásta dreas beag ragoibre a dhéanamh leis an mbuachaill a chroscheistiú?"

12
Ollscrios ag Bagairt?

Bhí Makar Turkan tar éis trí lá a chaitheamh ar bheagán codlata ag croscheistiú Estepan Palemolk —dáiríribh, chuaigh an "dreas beag ragoibre" chun leadráin, agus sin go rábach. Níor fágadh an obair faoi aon duine amháin, ar ndóigh, nó bhí Art-Zakar Renikan sa seomra ceastaíochta chomh maith, agus ní raibh ach an chéad chúpla ceist curtha nuair a chualathas cniogaide cnagaide ón doras. D'éirigh Renikan ina sheasamh agus é ag osnaíl le teann míshástachta: pé duine a bhí chucu, nach bhfaca sé na litreacha leictreashoilsithe ar an taobh eile den doras ag fógairt go raibh **CEISTIÚ AR SIÚL?**

Ar oscailt an dorais dó chonaic Renikan os a chomhair Adrian Afinogenoff, an spiaire gealgháireach. Bheannaigh Adrian dó agus thaispeáin sé ordú oifigiúil ón Státslándáil páirt a ghlacadh i gceistiú Estepan Palemolk. Chaith Renikan súil ar an doiciméad agus d'aithin sé stampa agus síniú Remund Kalvake air. Bhí sé ceart go leor mar sin. Sméid Renikan a chloigeann agus chomharthaigh sé d'Afinogenoff teacht isteach.

Ollscrios ag Bagairt?

Anois, agus an chuid ba mhó den obair istigh aige, bhí Makar Turkan idir eatarthu faoi Estepan Palemolk. Ba é an tátal a bhain an bleachtaire as an bhfear óg go raibh sé ionraic ag iarraidh slán a fhágáil ag gluaiseacht an chiníochais agus béasa a athrú, ach san am chéanna níor thaitin sé le Makar, mar dhuine. Ba é barúil an bhleachtaire ná go raibh a fhios aige go maith an cineál duine a bhí in Estepan: geocach intleachtóra nach raibh compás ceart moráltachta aige, ionas nach bhféadfadh sé rud fónta a dhéanamh ar mhaithe lena chuid comharsan ar an saol seo, éirimiúil is uile mar a bhí sé.

A leithéidí siúd a choinníodh na gluaiseachtaí ollsmachtachais go léir ag imeacht. A leithéidí siúd a rachadh le haislingí aiféise gan bacadh le cás an ghnáthdhuine, leis an tionchar a bheadh ag na haislingí sin ar an saol a bhí ag Tadhg an mhargaidh. Sin é an breithiúnas a thug Makar Turkan ar Estepan agus é ag déanamh a mharana ar an bhfear óg. Mar ba dhual d'fhear a cheirde bhí an bleachtaire ciniciúil go maith ag samhlú roimhe céard a bhí daite don intleachtóir óg anois. B'fhéidir go dtabharfadh Estepan cúpla agallamh do na liarlóga láibe agus na hirisí caidéise agus é ag iarraidh é féin a chóiriú mar laoch. Bhuel ar an dóigh sin d'fhéadfadh sé an chluain Mhuimhneach a chur ar óinseach óg éigin agus bhí a fhios ag Dia go raibh bean ag teastáil agus ag géartheastáil ón mbuachaill bocht. Ach ós rud é gur thábhachtaí le fear dá chineál cúrsaí idé-eolaíochta ná cúrsaí caidrimh agus craicinn, ba dhócha go bhfaigheadh sé radharc ar réalt eolais nua in achomaireacht, réalt eolais a bheadh lán chomh dorcha leis an gciníochas féin—agus ansin ní bheadh an cailín sásta a cuid ama a chur amú ina chuideachta a thuilleadh...

An méid a bhí le hinsint ag Estepan ní raibh sa chuid ba mhó de ach rudaí a bhí ar eolas ag Makar cheana féin nó a taibhsíodh dó. Mar sin féin ní shamhlódh an bleachtaire an focal a bhaint den intleachtóir óg. Ábhar spéise agus sceimhle a bhí ina chuid scéalta gan aon agó.

Ar mhí-ámharaí an tsaoil, de réir is mar a chuaigh na scéalta sin chun suimiúlachta, chuaigh siad chun doiléire chomh maith. D'imigh na fíricí agus tháinig na teoiricí is na tuairimí ina n-áit. B'fhollas nach raibh páirt chomh tábhachtach ag an bhfear óg seo sa Ghluaiseacht Ghlórmhar is mar a shíl Renikan agus Turkan ar dtús.

"An ról a ceapadh domsa," a mhínigh Estepan, "ná idé-eolaíocht na gluaiseachta a chur ar fáil do lucht léinn agus léitheoireachta agus a dhéanamh inghlactha acu. Chaithfinn dul ar lorg nathanna ó fhealsúna móra an Iarthair le blas an chultúir agus an traidisiúin a chur ar a raibh le rá ag an ngluaiseacht, ar rudaí cosúil leis an gciníochas. Ní raibh Kaltepon féin in ann an obair a dhéanamh, cé go raibh céim an dochtúra aige." Bhí guth Estepan Palemolk ag creathnú le teann dímheasa, agus tháinig draothadh beag scig-gháire le Makar Turkan ina ainneoin.

"Mé féin," arsa Estepan Palemolk, "ní raibh cead isteach agam sa sanctóir riamh."

"Sa sanctóir?" arsa Art-Zakar Renikan, agus iontas air.

"Bhí lárionad rúnda de chineál éigin ag Pontapea, agus ní ligfeadh sé ach do dhream ar leith teacht a fhad leis an áit sin. Cuid de pholasaí na gluaiseachta ab ea na brainsí a scaradh ó chéile, is é sin bhí lucht a leanúna féin ag Pontapea, agus a chuid féin ag Samael Tompar. An lárionad seo, is éard a bhí ann ná teach nó foirgneamh éigin a fuair Pontapea ar cíos ar chuid den airgead a tháinig ón Rúis. Níor insíodh domsa riamh cá háit a raibh sé. Is dócha nach raibh ann ach seanteach stórais. 'Gléasra' a thugadh Pontapea air freisin. 'Rachaidh muid go dtí an gléasra' a d'fhéadadh sé a rá. Bhí trealamh de chineál éigin ann."

"Cén saghas trealamh?" a d'fhiosraigh Afinogenoff go tobann. Bhain sé siar as Makar chomh dáiríre is a bhí fear na Státslándála, chomh gealgháireach is a bhíodh sé de ghnáth.

"Níl mé cinnte dáiríribh," a d'fhreagair Estepan. "Is é an tátal a bhain mé as a chuid cainte gur ríomhairí ba mhó a bhí ann. B'fhéidir go raibh seisean agus na buachaillí s'aige ag déanamh téisclime d'ionsaithe Idirlín de shórt éigin, tá a fhios agat an rud a dtugtar ionsaí diúltaithe seirbhíse air mar shampla—ríomhairí éagsúla ag bombardú leathanach gréasáin éigin le hiarrachtaí teagmhála leis an tseirbhís a chur thar acmhainn. Thairis sin, áfach, bhí caint éigin ar rudaí eile ar fad..." Agus anois, d'aithin Makar scanradh agus critheagla i nguth an fhir óig. "Uaireanta chuala mé an focal úd 'armáil' ó Pontapea agus é ag tagairt don 'ghléasra', nó do stuif éigin a bhí aige ansin, agus ní dóigh liom gurbh iad na ríomhairí a bhí i gceist aige."

"Armáil a deir tú?! An raibh raidhfilí nó gunnaí acu ansin?" Turkan agus Afinogenoff a dúirt an méid sin as béal a chéile.

Tine sa Chácóin

"Níl a fhios agam," a d'fhreagair Estepan agus gnúis bhuartha air. "Ní chreidim é. Rachadh sé rite liom Pontapea a shamhlú i gceannas ar cheannairc armtha. Ní féidir liom a rá go mbeadh mórán céille agam do charachtair na ndaoine, ach is dóigh liom gur comhchealgaire go smior é, thar aon rud eile. Sháfadh sé thú, sin nó piostal a loscadh leat ó chúl, ach ní ardódh sé raidhfil os do chomhair, dar liom."

Chaith na póilíní tamall fada fós ag iarraidh freagra na ceiste a mhealladh as Estepan, cén cineál armáil a bhí Pontapea a mhaíomh. Agus de réir a chéile thosaigh an bhreacthuiscint ag dul chun soiléire acu. Is éard a bhí ann ná rud mór millteanach, rud nach bhfaighfeá a leithéid ach ó na Rúisigh, rud a raibh dainséar as an ngnáth ann. Cad eile a bheadh i gceist ach arm ollscriosta de shórt éigin?

Nuair a tuigeadh an méid seo don triúr fear, d'éirigh Afinogenoff ní ba dhuairce sa ghnúis ná roimhe sin féin, agus dúirt sé leis an mbeirt eile:

"Caithfidh mé dul i dteagmháil le lucht ceannais na Státslándála. Má tá a leithéid de bhagairt ann, is ceist státslándála é, agus ní mór daoibhse an fiosrú seo a fhágáil ar ár láimh-ne."

Rinne sé sos beag.

"Ar ndóigh beidh sibhse sáite san fhiosrú díreach mar a bhí sibh roimhe seo. Bígí cinnte go gcaithfidh sibh bhur seacht ndicheall a dhéanamh, nuair a bheas sibh ag obair don Státslándáil!" Chonacthas a sheanmheangadh gáire arís. "Scéal eile áfach nach mór an phríomhfhreagracht a aistriú. Beidh Rannóg Faisnéise an Airm páirteach fosta. Socróidh Kalvake agus boic mhóra na rannóg eile an scéal eatarthu. Tá sé

Ollscrios ag Bagairt?

incheaptha go gcaithfidh Uachtarán na Poblachta éigeandáil a fhógairt."

Éigeandáil a fhógairt? Dlí na práinne a chur i bhfeidhm ar an tír go léir díreach mar a bheadh cogadh ann? Shamhlaigh Makar Turkan conas a bheadh sé: tancanna ag teacht anuas an tsráid, sreang dheilgneach sínte trasna na pábhála, agus saigdiúirí ag éileamh ort cárta aitheantais nó ceadúnas siúil a thaispeáint. Ní hea, bhí sé docheaptha, sa Chácóin ar a laghad. Ní fheicfeá a leithéid ach ar an teilí, nuair a bhí scéala nuachta ag teacht ó thír bhocht ghuagach éigin sa Tríú Domhan. Nó... an bhfeicfeá, i ndiaidh an iomláin?

Agus dá mbeadh arm ollscriosta ag lucht na Gluaiseachta i ndáiríre? Buama adamhach? Ní hea, ní rithfeadh leis na spiairí Rúiseacha féin a leithéid de bhréagán a bhronnadh ar radacaigh chraiceáilte sa Chácóin. B'fhéidir go ndíolfadh na Rúisigh comhábhair an bhuama agus oideas a gcóimeála le deachtóir éigin ach b'éadócha go bhfágfaidís a leithéid d'fhreagracht ar Nestor Pontapea. Bhí a fhios acu nach bhféadfaidís muinín a dhéanamh as Pontapea, nó bhí sé siúd chomh sean is go raibh sé ag dul le radacachas na heite deise cheana sna laethanta a bhí, nuair a bhí an idé-eolaíocht sin fite fuaite leis an bhfaltanas frith-Rúiseach ó laethanta an chogaidh. Rud réasúnta nua a bhí ann do Nestor bheith ag comhoibriú leis na Rúisigh, agus d'fhéadfadh sé tiontú ina n-aghaidh arís. Ní thrustfaidís an buama mór lena leithéid.

Nuair a chuaigh an drochscéala a fhad le hanailiseoirí na bhFórsaí Armtha, níor thóg sé mórán ama orthu a gconclúid féin a bhaint as na blúiríní eolais a bhí le fáil ó Estepan Palemolk. Arm ceimiceach, néarghás

b'fhéidir, a bhí ann dar leo, má bhí arm ollscriosta d'aon
sórt ag Pontapea. Mar sin féin chuaigh foireann eolaí-
ochta an Airm ó chearn go cearn na príomhchathrach
agus iad ag seiceáil, an raibh leibhéal na radaíochta
ardaithe in aon áit. Cé nár chreid na hanailiseoirí go
raibh buama adamhach i gciall cheart an fhocail ag an
nGluaiseacht Ghlórmhar, ghlac siad leis go raibh an
rogha idir eatarthu idir an buama adamhach agus an
t-arm ceimiceach incheaptha go leor.

Ba é sin an buama salach, is é sin, pléascán traidi-
siúnta agus é leasaithe le hiseatóp radaighníomhach
éigin. Bheadh a leithéid i bhfad ní b'fhusa le haithint
ag áiritheoir Geiger ná aon fhíorbhuama adamhach,
dar le foireann na saineolaithe. Mar sin féin níor
tháinig siad trasna ar a dhath den tsórt.

Bhí cuma an tsamhraidh tagtha ar an bpríomh-
chathair cheana féin, saoire agus suaimhneas, sult agus
subhachas, síocháin agus siamsaíocht, agus na gairdíní
poiblí foirgthe le daoine a bhí ag déanamh spaisteoir-
eachta, ag ithe uachtar reoite agus ag útamáil leis an
nguthán póca le scannáin agus ceolchoirmeacha na
hoíche a sheiceáil agus le ticéid a chur in áirithe. Níor
taibhsíodh a dhath don chuid ba mhó acu. Ní raibh a
fhios acu cén fáth ar tháinig roic nua in éadan na
bpóilíní gnáthéadaigh, na n-ardoifigeach airm agus an
Uachtaráin féin. Agus ar ndóigh ní rithfeadh le haon
duine de na fir agus na mná buartha seo faic na fríde a
rá os ard faoin mbagairt uafásach.

Ní hionann sin, ar ndóigh, nach raibh nod ar fáil don
eolach. Nuair a chuaigh Traud ag obair lá de na
laethanta, tháinig sé aniar aduaidh uirthi go raibh

foireann an ospidéil le druil aslonnaithe a dhéanamh ar an lá céanna. Cad é a bhí cearr anois?

"Fuair muid ordú ó Rannóg na Cosanta Sibhialta, Roinn na nGnóthaí Inmheánacha. Caithfidh gach otharlann sa chathair druil bhreise a eagrú."

"Shílfeá go bhfuil cogadh ann," arsa Traud, ach mar ba dhual di, ghlac sí páirt sa druil ina dhiaidh sin chomh dúthrachtach is a bhí sí riamh. Mar sin féin bhí iontas agus dubhiontas uirthi i ndiaidh na n-imeachtaí. Nuair a chaintigh sí le Makar ar an lá as an ngnáth a bhí aici, chreathnaigh an fear agus tháinig gnúis phianmhar air. Bhí a fhios aige rud éigin nár mhaith leis a nochtadh di, mar a thuig sí. Níor shuaith sí an scéal a thuilleadh, ach má bhí sí féin buartha roimhe seo, níor shuaimhnigh sí ar aon nós nuair a d'aithin sí go raibh brón éigin ag luí ar Mhakar.

Agus má chreid na saineolaithe go raibh arm ceimiceach ollscriosta ag an nGluaiseacht, ní sa mhícheart a bhí siad.

Nuair a chuaigh lucht na n-ionstraimí timpeall i measc na seanmhonarchana in Kesitu, thug siad faoi deara an foirgneamh ina raibh Pontapea agus a chuid buachaillí ag cur fúthu, ach níor aithin a gcuid áiritheoirí radaighníomhaíocht ar bith ag teacht ón áit. Dá mbacfadh aon duine de na hoifigigh eolaíochta seo breith ar an nguthán póca le scairteadh ar Údarás na dTailte agus a fhiafraí cé a bhí ag baint úsáide as an monarcha faoi láthair, is é an freagra a gheobhadh sé ná go bhfuair comhlacht coimhthíoch an áit ar cíos ó mhuintir Metzger (scéal eile ar fad ab ea é nach raibh a leithéid de chomhlacht ann ar aon nós, ar ndóigh), agus go raibh ionad ríomhfhreastalaithe de chuid an chomhlachta sin ann. Shásódh an t-eolas seo fear na ceiste, agus ní dhéanfadh sé adhnua ar bith de. Agus ar ndóigh ní raibh an méid sin i bhfad ón bhfírinne, ach an oiread. Níorbh é sin iomlán an scéil, áfach. Bhí a fhios ag Pontapea agus na buachaillí go raibh na póilíní ar a thóirsean, agus chaitheadh sé cuid mhór den am in íoslach na monarchan, áit nach raibh de chuideachta aige ach coimeádán mór a raibh suaitheantas an bháis air: blaoisc agus dhá chnámh trasna a chéile. Bhí an coimeádán seo ceangailte de chóras aerála an fhoirgnimh. Bhí claibín beag plaistigh ar an gcoimeádán a bhí sórt trédhearcach, agus cnaipe dearg le haithint tríd. Ba mhinic a thagadh cathuithe ar Phontapea an claibín a ardú den chnaipe lena mhéar a bhrú air. D'fháiscfeadh sé an cnaipe seo, an truicear seo i gcion, mhothódh sé crith beag nuair a rachadh an mheicníocht taobh istigh i ngléas, agus ansin thosódh sí ag scaipeadh aerasóil—deoiríní beaga bídeacha—san aer amuigh. Gheobhadh an ghaoth greim ar na haerasóil sin le hiad a iompar a fhad le lár na cathrach. Nuair a thitfeadh báisteach seo an bháis anuas ar na daoine ansin, ní bheadh éalú acu ná tarrtháil ar fáil dóibh. Chaithfidís tamall fada faidréiseach i bpianta uafásacha sula dtiocfadh an bás dosheachanta mar a bheadh faoiseamh ann. Agus ba eisean, Nestor Pontapea, a ghearrfadh an bás céasta sin daoibh. Na Gormaigh, na mná a bhí ag luí leis na fir ghorma, an chlann mheasctha a rugadh dóibh—stiúgfaidís go léir leis an mbás míthrócaireach seo. Tháinig meangadh mór ar Nestor nuair a smaoinigh sé ar an ár a bhí le teacht.

Ollscrios ag Bagairt?

An lá ab fhaide anonn, nuair a gheobhadh sé an t-am aibí, bhrúfadh sé an cnaipe sin. Bhí a fhios aige go maith nach raibh an mhonarcha seo díonach ar na haerasóil, ach oiread le tithe na lárchathrach. Mar sin, bheadh an bás céanna daite dó féin. Ach ba chuma leis. Ag foghlaim an bháis dó bheadh sé ag smaoineamh ar na Gormaigh, ar mhná na nGormach agus ar a gclann—ar an dóigh a mbeidís siúd á gcéasadh. Ba é sin sólás deireanach a shaoil féin.

Agus na buachaillí arbh iad a arm príobháideach féin iad, stiúgfaidís ar an dóigh chéanna, gan oiread is oíche a chaitheamh le haon chailín. Thaitin an smaoineamh sin le Nestor. Bhain sé sult as roimh ré. Cinnte bhrúfadh sé an cnaipe sin lá éigin. Lá éigin roimh i bhfad. Lá de na laethanta seo.

13
An tAthair a d'Fhill

Fear meánaosta a bhí ann agus é ag siúl roimhe ar nós an duine a bhfuil fios a bhealaigh aige agus a aithníos go soiléir cá bhfuil a thriall. Ba léir go raibh tabhairt faoi deara ann agus é ag cur suime ina raibh ag tarlú máguaird. Ní scinnfeadh sé óna chúrsa cheart ach ar éigean, ach ba leasc leis barraíocht deifre a dhéanamh, nó bhí sé i ndúchas mo dhuine bleid a bhualadh ar na daoine a chasfaí air ar a chamchuairt dó agus cúpla focal cairdiúla a labhairt leo. Ba léir ar an toirt gur fear mór seó agus spóirt, cuideachta agus comhluadair a bhí ann, agus rachadh sé rite leat gan taitneamh éigin a thabhairt dó. Fear ab ea é a tharraingeodh súil na mban, leis, agus maidir leis na fir eile chuaigh an siúlóir seo i gcion orthu mar chompánach a mb'fhiú duit pionta a shnáthadh ag aon bhord leis agus dreas maith comhrá a bhaint as. Dá bhfeicfeá in aice lena mhac é, áfach, ní shamhlófá ar aon nós go raibh gaol ar bith ag an mbeirt sin le chéile.

Nó ba é an t-ainm a bhí ar an bhfear seo ná Eldar Mutekan, agus ba eisean athair Mhikal.

Ba é athair Mhusa a ghlaoigh ar Eldar ar dtús. Nuar a tuigeadh dó an cruachás ina raibh an buachaill bocht—gan aon duine fásta le haire a thabhairt dó, gan aon phost oibre a chuirfeadh ar a chumas a chuid féin a shaothrú—chrom sé ar chúrsaí an stócaigh a chur i gceart, agus dáiríre is ar éigean a gheofá fear ab fhearr ná é chun na hoibre sin.

Fíorphatrarc i ndea-chiall an fhocail ab ea athair Mhusa. Ina ógánach dó thréig sé tír chathach a dhúchais le dul ar lorg tearmainn sa domhan forbartha, agus deirfiúr is beirt deartháracha ina chosamar. B'iomaí scanradh a baineadh as an bhfear óg agus as an triúr eile acu le linn na fánaíochta seo, agus b'iomaí eachtra a bhain dóibh, ach sa deireadh d'fhág an chinniúint i dtír seo an tsneachta is na dúlaíochta iad. Rinne athair Mhusa a chuid féin den tír, phós sé cailín a raibh saoltaithí chosúil aici, agus rinne sé a chuid féin de nósanna na háite a fhad is a chuaigh aige. Ina sheachránaí agus ina theifeach dó d'fhoghlaim sé freagracht a ghlacadh as daoine eile, agus ba nádúrtha ar fad a tháinig leis aire a thabhairt do Mhikal, chomh maith.

Nuair a thairg fear an tí dul i dteagmháil le hathair an ógánaigh, ba náir le Mikal é, agus d'agair sé an patrarc úd gan dul i gcúram a leithéide thar a chionn. Ní raibh gar ann áfach, nó nuair a bhí plean glactha ag athair Mhusa, bhí sé dáigh dásachtach dobhogtha ag baint amach a chuspóra. Sin é an dóigh ar éirigh leis a mhac a choinneáil glan ar na radacaigh Ioslamacha agus ar na baiclí coiriúla sráide araon.

Chaith fear an tí tamall maith ama ag caint leis an stócach le tuilleadh a fháil amach faoin gcaidreamh a bhíodh aige lena athair. Tháinig roc buartha san éadan air nuair a thuig sé nach bhfaca Mikal a athair le cúpla

mí anuas. Ón taobh eile de is é an chiall a bhain sé as
ar chuala sé ón bhfear óg ná go raibh cuidiú agus
cuideachta a athar ag teastáil uaidh go mór mór le caoi
éigin a chur ar a shaol arís. Má bhí goimh ar an
ógánach lena athair,—dar le fear an tí,—ba é an easpa
teagmhála ba mhó ba chúis leis.

"Is é d'athair é, i ndiaidh an iomláin," arsa athair
Mhusa—Muhammad ab ainm dó, agus ní shamhlófá a
mhalairt d'ainm le patrarc Muslamach dá chineál.
"Caithfidh sé breathnú i do dhiaidh, de réir an dlí féin
sa tír seo is dóigh liom, agus tusa ní mór duit muinín a
dhéanamh as-san chomh maith. An raibh sé ina cheann
mhaith duit nuair a bhí tú i do bhuachaill bheag?"

B'éigean do Mhikal a admháil go raibh. Fear barrúil
ab ea Eldar riamh, an cineál duine fásta a thaitníos le
páistí. Bhí sé in ann casadh greannmhar a chur ar gach
focal, agus é ag coinneáil na rudaí beaga go léir i dtrithí
gáire lena chuid galamaisíochta. B'fhíor nach ndiúl-
taíodh sé an braon borb, ach ní rithfeadh leis buille a
bhualadh ná dúdóg a thabhairt d'aon duine fásta gan
trácht ar bith a dhéanamh ar pháiste, cuma cé acu a bhí
sé sóbráilte nó súgach. Fear mór teasargain agus
eadrána a bhí ann, thar aon rud eile. Ar an drochuair
dó féin níor éirigh leis a phósadh féin a choinneáil le
chéile leis an mbua síochánaíochta sin.

Nuair a d'aithin Mikal go raibh athair a chara sásta
cluas éisteachta a thabhairt dó, bhain sé an tsreang den
mhála ar fad ag iarraidh cur síos a thabhairt ar a athair,
an dóigh a ndeachaigh sé i gcion ar a mhac i rith na
mblianta. D'admhaigh Muhammad gach dreas cainte
uaidh le cúpla focal agus uaireanta d'iarr sé air míniú
ní ba chruinne a thabhairt ar phointe éigin. Níor bhac

aon duine fásta le tuairimí Mhikal mar sin le tamall anuas, agus bhí sé buíoch gur bhac, anois.

Sa deireadh gheall Muhammad go bhfáilteodh sé roimh Eldar chuige leis an athair a chur in aithne dá mhac in athuair, agus chrom sé ar an obair sin an lá arna mhárach. Rinne Musa agus an chuid eile den teaghlach a ndícheall chun an cuairteoir a ghiúmaráil idir an dá linn, ach má rinne féin, níor mhaolaigh mórán ar an náire a bhí ar Mhikal i gcónaí i ndiaidh na míonna ama a dhíomail sé i seict chiníoch Nestor Pontapea.

Ní raibh ach mearchuimhne ag Mikal ar an áit a raibh a athair ina chónaí, agus ní raibh uimhir ghutháin Eldar aige ach an oiread. Nuair a thagadh Eldar ar cuairt thagadh sé gan choinne, agus ina beatha di ní choinníodh máthair an ógánaigh teagmháil ró-thráthrialta lena hiar-fhear céile i ndiaidh don phósadh dul ó mhaith go doleigheasta. Mar sin b'éigean do Mhusa an tIdirlíon a mhionbhrobhsáil le fáil amach faoi sheoladh Eldar Mutekan.

Is é an chéad tuiscint a bhí ag Muhammad ar an scéal go raibh Eldar tar éis cónaí a aistriú go cathair eile, ach ní mar sin a bhí tar éis an tsaoil. Le fírinne bhí áitreabh ar mo dhuine réasúnta cóngarach, i Surahulk nó Sauerhöhlchen mar a thugadh lucht labhartha na Gearmáinise ar an gceantar sin. Bruachbhaile de chuid na príomhchathrach a bhí ann go bunúsach, agus cúpla bliain ó shin cuireadh le tailte Bhardas Molopea é, ionas gurbh é Molopea-Surahulk nó Mollenhaupt-Sauerhöhlchen a bhí ar an áit go hoifigiúil—sin é an logainm a chaithfeá a bhreacadh ar an gclúdach litreach, murar éirigh tú as post den tseanchineál a scríobh i ré seo an Idirlín.

Bhí aithne éigin ag Muhammad ar Surahulk dáiríribh, nó nuair nach raibh sé ach lom díreach i ndiaidh an tír seo a bhaint amach, chaith sé conablach bliana i ndídean éigeandála na dteifeach i seanóstán tréigthe amuigh ansin. I lár na gcoillte a bhí sé, dar le Muhammad, agus ní raibh i Surahulk san am sin ach sráid amháin siopaí agus cúpla dornán tithíochta máguaird. Ceantar suaimhneach ab ea é, ansin, ach ní raibh a fhios ag Muhammad, ar tháinig gleoiréis agus gleadhradh na mórchathrach a fhad le Surahulk idir an dá linn. B'fhéidir gur tháinig, a shíl sé. De réir na scéalta a chuala sé ó Mhikal, chuaigh Eldar i bhfeidhm air mar dhuine den chineál a roghnódh an gleo thar an gciúnas.

Pé scéal é bhí an chuma ar an scéal gurb ansin a bhí athair Mhikal socraithe síos ar na saoltaibh seo. Ní raibh uimhir a theileafóin le léamh in aon áit ar an Idirlíon ach d'éirigh le Musa teacht ar sheoladh ríomh-phoist mo dhuine, agus ansin bhí sórt comhchaint-eanna ag an athair is a mhac cé acu acu a chuirfeadh teachtaireacht chuig Eldar. Rud eile fós b'éigean an cheist mhór a chur: conas a rachadh sé i gcion ar an athair nuair a chuirfí in iúl dó go raibh a mhac ag fanacht i dteach daoine de phór na Sómáile?

Bhí Mikal faoi léan go fóill, agus an náire nárbh eol do mhuintir an tí ag luí air freisin. Nuair a chaintigh Muhammad ar an ábhar seo leis, las sé suas le háthas agus le mórtas áirithe: pé locht a gheofá ar a athair ní raibh cnámh chiníoch sa chorp aige! Chomh treascar-

An tAthair a d'Fhill

tha is a bhí Mikal ag imeachtaí na laethanta seo, phreab a chroí le meanma agus le misneach nua anois.

Agus i ndeireadh na dála tháinig Eldar ag cnagadh ar an doras.

D'fhear muintir an tí fáilte roimhe, ach nuair a fuair an t-athair agus an mac an chéad radharc ar a chéile, baineadh siar as an mbeirt acu. Ní rachadh fir de phór Tuaisceartach na Cácóine ag tabhairt croí isteach dá chéile, ach ba léir do Mhuhamad chomh corraithe is a bhí siad. Meáite is mar a bhí fear an tí ar iad a thabhairt in araicis a chéile d'iarr sé ar an gcuairteoir suí faoi agus séis chomhrá a dhéanamh os cionn cupán caife.

Chuir Muhamad a chuid clainne in aithne d'Eldar díreach mar a shamhlófá le hathair bródúil, agus chroith Musa agus a dheartháir óg lámh go múinte leis an bhfear isteach. Chomh cotúil is a bhí na hiníonacha beaga ní thairgfidís lámh don fhear strainséartha, ach bhí siad in ann beannú dó go cairdiúil i scoth Cácóinise, agus pluca cruinne orthu ag meangadh gáire.

Fear tuisceanach a bhí in Muhamad. Bhí tamall maith caite aige ag éisteacht leis an bhfear óg agus é ag cur síos ar a chuid cúrsaí, agus b'eol dó nár tháinig Eldar ar cuairt chuige riamh nuair a bhí an mac ina luí san ospidéal. B'fhéidir gur cúis náire a bhí ann don athair. Ón taobh eile de bhí a mhac ag cosaint a athar— á éigiontú mar a déarfá—nuair a bhí sé ag tagairt don scéal seo. Bhí cúis aige bheith dílis d'Eldar, de réir dealraimh. Rud maith ab ea sin, dar le Muhamad. Mar sin féin b'fhearr leis gan an t-ábhar sin a shuaitheadh anseo. Rinne fear an tí a dhícheall an comhrá a stiúradh i dtreo rudaí nach raibh íogair ná goilliúnach—cosúil leis an áit ina raibh cónaí ar Eldar, mar atá, Surahulk.

Tine sa Chácóin

Tháinig sé chun solais i rith an chomhrá go raibh Surahulk síochánta suaimhneach i gcónaí, cé go raibh cuma na cathrach ag teacht ar an gceantar ar na saolta seo. Bhí na coillte ann fós timpeall na háite, agus tríd is tríd ba dheas an sórt bruachbhaile a bhí ann, sa samhradh ach go háirithe—a d'áitigh Eldar. Ba í an chaint sin an ola ar a chroí do Mhikal. Thuig sé nárbh é Evalt Vertan an t-aon mhurdaróir amháin a chuirfeadh Nestor sa tóir air. Ní bhfaigheadh an chéad dúnmharfóir eile go réidh é, dá rachadh sé ina chónaí i dteach a athar. Ní raibh a fhios ag lucht na monarchan ainm baiste a athar, agus maidir leis an sloinne, bhí Mutekan ar na cinn ba choitianta sa tír seo. Ní raibh aithne ag Mikal riamh ach ar dhornán de na buachaillí i monarcha fuatha Nestor Pontapea, ach i measc an bheagáin sin féin bhí beirt eile ar aon sloinne leisean.

Ar ndóigh ba shoiléir do Mhikal go gcaithfeadh sé dul faoi cheastóireacht ag na póilíní lá de na laethanta seo. San am chéanna áfach bhí drogall air an riachtanas sin a chomhlíonadh. Dá mba faoi féin a bheadh sé, thogródh sé an cúram sin a chur ar athló uair i ndiaidh a chéile. Ba dhóbair nár éirigh le Mikal dearmad iomlán a dhéanamh den tseal a chaith sé ag scaipeadh ciníochais ar an ríomhaire ó mhonarcha fuatha Nestor Pontapea. B'fhearr leis dearcadh ar laethanta sin na náire mar thromluí. Ach ansin tháinig lámh thapaidh Nestor ar a lorg i riocht Evalt Vertan, maraíodh a mháthair, agus bhí an cneas réabtha den ghoimh. Ba dhóigh le Mikal go raibh sé cuibhrithe i dtéada an damhán alla agus nach raibh éalú ar bith ann.

An tAthair a d'Fhill

Sa deireadh d'imigh an mac agus a athair leo i dtreo Surahulk, agus Eldar ag iarraidh fóideoga a bhaint:

"Bhí tú cineál garbh i gcúrsaí cine agus ciníochais nuair a casadh ar a chéile roimhe seo sinn. Tá mé breá sásta a fheiceáil gur éirigh tú as an tseafóid sin."

"D'ionsaigh seandruncaire mé thiar in Kesitu, agus ba iad Musa agus a chara Abdi a tháinig chun tarrthála dom." Rinne Mikal sos beag agus ansin labhair sé: "Chaith mé seachtain nó dhó san ospidéal ag bisiú, chomh dona is a bhuail an fear sin mé."

Bhain an méid sin stangadh as a athair. "An ea! Chuala mé ó do mháthair go raibh tú breoite ar feadh tamaill ach ní raibh sí sásta mórán eile a rá."

"Ba leasc léi oiread is trácht a dhéanamh ort le déanaí," arsa an mac. "Ar thit sibh amach le chéile ar dhóigh ar leith?"

"Bhuel," arsa Eldar agus é ag ligean putha le teann mothúcháin láidir éigin, "bhí muid in adharca a chéile faoi cé acu againn ba chiontaí le tú a bheith ag dul le ciníochas mar sin."

Tháinig tocht i scornach an fhir óig nuair a chuala sé an méid sin, agus chaith sé tamall fada ina thost. Thug sé in amhail uair i ndiaidh a chéile caint a athar a fhreagairt, ach má thug, theip a ghuth air. Sa deireadh d'éirigh leis na focail seo leanas a fháscadh thar a bheola:

"Ní raibh locht ar bith ar aon duine agaibhse. Mé féin faoi deara é, chomh hamaideach is a bhí mé."

D'admhaigh a athair an chaint seo le sméideadh beag a chinn, ach san am chéanna d'aithneofá ar choinnle a shúl go raibh drochamhras éigin air. Tháinig gnúis mhachnamhach air, agus nuair a labhair sé arís, bhí faobhar an údaráis ar a ghlór.

"Ní tharlódh a leithéid gan chúis gan spreagadh. Tá a fhios agam nach ndearna mé mo dhícheall le tú a thabhairt suas i gceart, agus chomh gnóthach is a bhí do mháthair ag saothrú bhur gcoda daoibh ní fhéadfadh sí féin freastal ort mar ba chóir ach an oiread. Mar sin féin is léir dom nach uainne a d'fhoghlaim tú a leithéid. Agus is eol dom go maith nár chleacht tú cuideachta na mbuachaillí dána ar scoil riamh. Arbh ón Idirlíon a tholg tú é?"

"Tholgas," a d'fhreagair an buachaill, agus a ghuth ag creathnú.

"Is uafásach an dóigh a raibh an fear sin Kaltepon in ann draíocht a chur ar na daoine lena chuid bolscaireachta. Bhí cairde agam a thug aird ar an bhfastaím sin, agus sa deireadh ní fhéadfá dreas comhrá ar bith a dhéanamh leo gan iad a bheith do do bhodhrú ag aithris an tseafóid ab úire a bhí le léamh ar bhlag an bhómáin sin. Caithfidh mé a admháil gur faoiseamh a bhí ann nuair a chuala mé go raibh an ruifíneach damanta sin ar shlí na fírinne—slí na suáilce nár chleacht sé riamh ina bheatha dó, is dóigh liom." Stad sé den chaint tamaillín. "Bhí cara agam tá a fhios agat, duine den lucht inimirce. Afracach a bhí ann, fear a tháinig go dtí an tír seo le sacar a imirt. Joshua an t-ainm a bhí air, Joshua Karanja. I ndiaidh éirí as an lúithnireacht dó tharraing sé oideachas chuige agus chuaigh sé le múinteoireacht mar shlí bheatha. Bhí sé ina oide i gCeardscoil Surahulk le cúig bliana déag anuas... ach ansin maraíodh as fuil fhuar é."

"Cé a mharaigh é?" a d'fhiafraigh Mikal. Bhí an seantocht le haithint ina chuid cainte i gcónaí.

"Samhlaigh duit é: beirt stócach óg a bhí ag foghlaim ceirde uaidhsean, sin é an cineál daoine a mharaigh é. Sháigh siad scian ann, scian oibre de chuid na ceardscoile. Is é an míniú a thug siad ar an ainghníomh ná gur Muslamach a bhí in Joshua, mar dhea, agus go raibh na Muslamaigh ag bagairt ar ár saoirse, dar leo. Ar ndóigh ní cúis cheart é sin le haon duine a mharú. Ach thairis sin ní raibh Joshua ina Mhuslamach ar aon nós. Leis an gcreideamh Cincíseach a tógadh thiar san Afraic é. Fear cráifeach a bhí ann ach ní raibh sé ina bhiogóid, bhí cairde éagsúla aige agus é lách cineálta le cách, sin é an chiall a bhain seisean as an gCríostaíocht. Nuair a chuir sé faoi sa Chácóin d'fhéach sé i dtús báire le pobal áitiúil an chreidimh sin a ghnáthú, ach mar a d'iompaigh na cúrsaí amach de réir a chéile, chuaigh an pobal sin le ciníochas chomh maith le duine. Ba é Kaltepon a tharraing an mí-ádh sin air. Rinne an pobal sin dia breise de Kaltepon agus iad ag léamh a bhlag mar a bheadh Bíobla ann. Sa deireadh ní fhéadfadh Joshua oiread is taobhú le tcampall an phobail." Lig Eldar osna. "Ar dtús chuir Kaltepon a chreideamh ó mhaith ar an bhfear bocht, agus ansin mharaigh lucht leanúna an bhithiúnaigh é."

Bhí Mikal stiúgtha le náire. Cé go raibh sé ag déanamh breithiúnas aithrí as a dhreas i gceárta na gránach ón lá ar tharrthaigh Abdi agus Musa é, níor tháinig tuiscint cheart chuige roimhe seo ar an bhfreagracht a ghabhas leis an bhfuathchaint. Téann focal le gaoth, a deirtear—ach le fírinne, an focal a sciorrfas uait de mhíthapa, iompróidh an ghaoth é a fhad le cluas an duine a chuirfeas beart le do bhriathar i d'ainneoin.

Ghlac Mikal leis nach raibh an dara rogha aige: na rudaí a chonaic sé is a chuala sé sa tseanmhonarcha chaithfeadh sé iad a nochtadh dá athair agus, ina dhiaidh sin, do na húdaráis.

Ar an mbus go dtí an Surahulk don bheirt acu thost an buachaill an chuid ba mhó den am, amach ón gcorrfhreagra a thug sé nuair a chuir a athair ceist éigin air. Nuair a bhí sé socraithe soiprithe ag bord na cisteanaí in árasán a athar, áfach, bhí sé sách compordach leis an tsreang a bhaint den mhála. Agus nuair a bhain, thosaigh sé ag radadh cainte ionas gur fhág sé a athair ciúin ar fad.

D'inis sé faoin dóigh ar chuir sé an chéad spéis i mblag Kaltepon. Thug sé cur síos ar an bhfáilte a fuair sé roimhe i measc na stócach eile sa mhonarcha. Mhínigh sé chomh sásta, chomh bródúil is a bhí sé nuair a thosaigh sé ag saothrú airgid dá chuid féin an chéad uair riamh. Agus sa deireadh d'eachtraigh sé conas a d'éirigh leis slán a fhágáil ag saol na monarchan agus mórtachas a dhéanamh le cairde nua.

D'éist a athair go cúramach leis agus an mac ag ársaí na scéalta seo, agus nuair a stad Mikal den spalpadh cainte, bhí an bheirt acu ar aon fhocal go nglaofaidís ar na póilíní ar an teileafón an dá luas is a d'fhéadfaidís.

14
An Mórionsaí

Nuair a bhí Mikal Mutekan tar éis a chuid eolais a thabhairt uaidh, chrom na húdaráis ar oibreacha ullmhúcháin. Bhí a fhios acu anois cá raibh Nestor Pontapea i bhfolach, ach má bhí, ní raibh siad cinnte go fóill cén cineál arm ollscriosta a bhí aige istigh ansin agus conas ab fhearr dóibh an faobhar a bhaint de. An gcaithfidís bunadh na príomhchathrach go léir a aslonnú? Agus an mbeadh maith ar bith san aslonnú sin féin tar éis an tsaoil? Bheadh oibríocht mhór mhillteanach ann nach bhféadfaí a chur i gcrích i nganfhios do Phontapea. Dá bhfaigheadh sé amach go raibh a leithéid ar siúl, nach maidhmfeadh sé pé buama a bhí aige ar an toirt le teacht roimh na húdaráis?

Cuireadh gairm chruinnithe ar phiardaí na Roinne Gnóthaí Inmheánacha, na Státslándála agus na bhFórsaí Armtha, agus thug an tOllamh Pavolo Kitorman ó Ollscoil na bhFórsaí Armtha léacht don iomlán acu. Dochtúir fisice agus innealtóireachta a bhí ann agus é ag plé le cúrsaí bainistíochta éigeandála. Ba é bia na léachta ná go raibh sé cinnte gur arm ceimiceach a bhí ag Pontapea, ach san am chéanna bhí sé sásta gach cineál ceisteanna a fhreagairt a bhí na boic mhóra a radadh chuige.

"Níor aithníodh radaíocht ar bith timpeall na monarchan nach bhféadfaí a mhíniú mar chuid den chúlra nádúrtha," a d'áitigh sé, agus é ag maolú ar mhíshuaimhneas na n-éisteoirí.

"Mar a thuigim féin an scéal," a dúirt duine den lucht éisteachta, "ní bhíonn na hiseatóip ineamhnaithe róláidir ag tabhairt radaíochta uathu. An t-úráiniam mar shampla, nach fíor nach mbíonn sé ag astú ach alfacháithnící—cáithníní atá chomh trom, chomh daibhir i bhfuinneamh is nach dtéann siad tríd an mbileog páipéir féin?"

"Ní féidir liom a rá nach bhfuil cuid áirithe den cheart agat," arsa an tOllamh, "ach cé go mbeadh an díonadh timpeall ar an gcroíleacan sách ramhar leis an gcuid is mó den radaíocht a mhúchadh, d'aithneodh ár gcuid gléasanna athrú ar speictream radaíochta na háite nach bhféadfaí a mhíniú ar chúiseanna nádúrtha."

"Cén cineál cúiseanna nádúrtha?"

"Mianraí úráiniam san ithir, abair. In áiteanna i gCúige Asta-Nulan tá an talamh chomh saibhir in úráiniam is nach n-aithneoimis buama adamhach thar an gcúlra radaíochta sin. Bhí, fiú, pleananna ag an Rialtas thiar sna caogaidí na mianraí sin a bhaint le húráiniam-235 a tháirgeadh, is é sin, an t-iseatóp ineamhnaithe le haghaidh imoibreoirí núicléacha. Níor aithin Suirbhé Geoifisice na Cácóine úráiniam ar bith thart anseo sa phríomhchathair riamh, áfach. Creidigí uaim: dá mbeadh buama adamhach ann, bheadh a fhios agam é."

"Cad faoi bhuama shalach?" a d'fhiafraigh éisteoir eile fós. "Dá mbeadh buama salach ann, bí cinnte go mbeadh ár ngléasra ag rith damhsa timpeall na monarchan sin," arsa Kitorman. "Tá smaoineamh an bhuama shalaigh bunaithe ar an ngáma-radaíocht. Is í an gháma-radaíocht an cineál is fuinniúla, is dainséaraí. Cé go mbeadh díonadh frithradaíochta ann a laghdódh an radaíocht go leibhéal neamhurchóideach, chuirfimis sonrú sa chineál sin radaíochta mar rud neamhghnách."

"Ceart go leor," arsa an t-éisteoir a labhair. "Cad é do thuairim i dtaobh na n-arm bitheolaíoch?"

"Bhuel níl a dhath ónár gcóras bithfhaireachais ag tabhairt le fios go bhfuil arm bitheolaíoch ann. Ní fhéadfaí a leithéid a choinneáil faoi cheilt. Thiocfaí ar an gcorrdhuine de lucht leanúna Phontapea in ospidéal éigin agus galar neamhghnách air. Nó b'fhéidir go dtiocfaí air sínte marbh i gcúlshráid éigin agus nochtfadh an scrúdú iarbháis frídíní an ghalair. Scagann na ríomhairí bithfhaireachais na céadta leideanna den chineál seo ó na cógaslanna agus na hotharlanna go lacthúil, agus aithneoidh an t-algartam, an bhfuil ráig eipidéime nó sceimhlitheoireacht bhitheolaíoch ag bagairt orainn. Dá mbeadh fear óg ag éileamh le hantrasc, le plá bhúbónach nó le túlairéime in otharlann éigin sa tír seo, bheadh an Roinn Sláinteachais tar éis a cuid cománlach a scaoileadh chun na háite cheana féin, agus coraintín curtha i bhfeidhm. Bheadh a fhios ag gach duine agaibh é chomh maith. Mar sin, má tá meaisín báis ag Pontapea istigh sa tseanmhonarcha sin, is arm ceimiceach é dar liom."

"Má tá, a deir tú. An bhfuil tú barúlach go bhfuil, i ndáiríre?"

"Bhuel ar ndóigh is féidir nach bhfuil ann ach bréagán, coimeádán mar shampla a bhfuil cuma mhórthaibhseach air, cineál feistiú stáitse leis an arm sin d'fhir óga a imeaglú agus a choinneáil faoi smacht. Ach anois, caithfidh mé a rá gur ábhar imní é an cur síos a thug an malrach óg sin, Mikal Mutekan, ar an ngléasra a chonaic sé. Thairis sin mharaigh an t-ógánach eile úd máthair Mhutekan, agus an tátal bainte ag an mac as an scéal gurbh é féin an targaid a bhí ceaptha. Creidim go bhfuil fios a scéil ag an bhfear óg."

"An bhfuil ráiteas ar bith faighte ón murdaróir?" a d'fhiafraigh duine de na héisteoirí.

"An drae focal," a d'fhreagair Kitorman. "Tá sé i riocht catatónach i gcónaí. Ní coirpeach cranraithe é ar aon nós, is dealraitheach nár sheas a intinn an choir dhochuimsitheach a rinne sé. D'aithin Mutekan é, áfach, agus dúirt sé gur duine eile de lucht leanúna Phontapea a bhí ann."

"Cad é atá ar eolas againn faoin dúnmharfóir?"

"Evalt Vertan atá air. Buachaill ó na cúlriasca é atá in ainm is a bheith ag staidéar ríomhaireachta anseo. Oifigeach ar pinsean ó na Fórsaí Armtha é a athair. Is dóigh liom nach raibh meas an fhir fhearúil ag Daidí ar a mhac ciúin scolártha arbh iad na ríomhairí a fhor is a fhónamh ar an saol seo, agus ansin chuaigh an buachaill leis an idé-eolaíocht úd lena thaispeáint dá athair go raibh an miotal agus an mianach ceart ann i ndiaidh an iomláin."

"Cad é mar a chuaigh an scéal i bhfeidhm ar a athair?" a d'fhiafraigh fear de na hoifigigh ardchéimíochta ón

Arm a bhí i láthair. Ba léir go raibh sé buartha faoi dhea-chlú na bhfórsaí armtha agus faoin atmaisféar i measc na n-oifigeach araon.

"Bhuel cad é a shílfeá?" arsa Kitorman. "Is dócha go bhfuil duine de na póilíní anseo in ann do cheist a fhreagairt, níos fearr ná mise."

Bhí Art-Zakar Renikan ansin, agus mhothaigh sé gurbh é féin a bhí i gceist ag Kitorman. D'ardaigh sé leathlámh le cead cainte a iarraidh agus dúirt sé: "Bhí an fear bocht thar bharr a chéille ar fad, agus é ag áitiú agus ag atháitiú orainn nach raibh sé riamh ach ag iarraidh a mhac a thógáil le suáilcí saighdiúrtha, an t-íochtarán a chosaint ar na bithiúnaigh, cothrom Féinne sa pháirc imeartha chomh maith le machaire áir na sochaí go léir, rudaí mar sin, diabhal an drae spreagadh chun mná meánaosta a mharú."

"An bhfuil a fhios againn cé leis an t-áras monarchan sin ar aon nós?" a d'fhiafraigh oifigeach airm eile.

"Le heastát clisiúnais a bhfuil dlíodóir de mhuintir Mhetzger ag tabhairt aire dó. Tá sé ar cíos ag cuideachta chaoch nach bhfuil teacht againn ar a príomh-fheidhmeannach. Nuair a chuaigh na póilíní go dtí an seoladh a bhí cláraithe sna doiciméid ní bhfuair siad ansin ach seanteach stórais agus slúistí is druncairí an cheantair cruinnithe istigh ansin ag ól poitín. Nuair a thuig siad nach rabhthas lena gcuid biotáille a choigistiú bhí siad breá sásta gach cineál eolais a thál ar na constáblaí, ach ní raibh a fhios acu gnólacht ná gnóthas a bheith ag obair sna fothracha sin riamh."

"Bhuel," arsa an t-oifigeach airm, "cá bhfuair an chuideachta sin an t-airgead a d'íoc cíos na monarchan?"

"Bhí ráflaí ag imeacht i measc lucht leanúna Phonta-pea gur airgead Rúiseach a bhí i gceist. Thug Estepan Palemolk le tuiscint gur cheangail an ghluaiseacht chiníoch s'acu nasc de sheirbhísí rúnda na Rúise nuair a tháinig Platonov, is é sin, Roland Akulen, ar ais ón Rúis le dul i dteagmháil le Pontapea agus Kaltepon. Dealraíonn sé, fiú, go raibh titim amach éigin acu faoin airgead sin."

D'ardaigh Remund Kalvake lámh le cúpla focal a chur leis an méid sin. "Chaith scuad na gcoireanna eacnamaíochta súil i gcúrsaí airgid Kaltepon. Is éard a bhí le rá acu ná go raibh foinse anaithnid airgid aige fiacha dá chuid a ghlanadh."

Sméid Kitorman a chloigeann go hadmhálach. "Is léir go raibh Kaltepon ag goid airgid ón ngluaiseacht, agus is dóigh linn gurb ar an gcúis sin a maraíodh é. Is dócha go raibh na Rúisigh ag cur brú ar Phontapea agus ar lucht na gluaiseachta go léir Kaltepon a ruaigeadh as a measc, nó as measc na ndaoine beo, mar a rinne siad."

"Mar a rinne Pontapea," a leasaigh Kalvake.

"Bhuel, abraimis go bhfuil a chuma sin ar na cúrsaí," arsa Kitorman. "Bíodh an focal deiridh ag an mbreith-eamh."

I ndiaidh an léachta rinne na héisteoirí staidéar ar an mionsamhail den mhonarcha a bhí curtha i dtoll le chéile ag innealtóirí ó na Fórsaí Armtha. "Bhí gorm-chlónna acu ón eastát clisiúnais," a mhínigh fear de na hoifigigh Airm, "agus chuir siad san áireamh na sonraí a thug an fear óg sin, Mikal Mutekan, dúinn."

D'ardaigh fear míleata eile an díon den mhion-samhail agus chuir sé a mhéar ar cheann de na seomraí a nochtadh. "Is ansin atá na freastalaithe Idirlín...Tá na fir óga ag obair sna hoifigí seo..." I ndiaidh dó na leithris agus na stórais a phointeáil amach chrom an t-oifigeach ar an ábhar ba thábhachtaí: seomra Pontapea, áit a raibh an t-arm ollscriosta.

"Fadhb amháin," ar seisean, "nach eol dúinn go cruinn cá bhfuil an cúldoras i gcomparáid leis na seomraí éagsúla. Níl grianghrafanna againn ó gach taobh den mhonarcha, agus níl na gormchlónna agus an t-eolas a fuair muid ó Mhutekan ag teacht le chéile. Thaispeáin muid na gormchlónna dó, ach ní raibh gar ann. Tá tuilleadh eolais de dhíth."

Bhí, agus faisnéiseoir ag teastáil. Mar sin cuireadh fear faire ag coinneáil súile ar gheata na monarchan, agus nuair a tháinig buachaill óg amach, dúirt an fairtheoir i gcogar sa ghuthán siúil:

"Seo chugaibh fear acu. Ard, seang, folt fionn ina sheasamh, T-léine agus bríste géine. Suaitheantas na Strapairí ar an léine." Foireann chlúiteach cispheile de chuid na príomhchathrach a bhí sna Strapairí, agus d'aithneodh aon duine a suaitheantas. Na constáblaí a bhí i dteagmháil leis an bhfear faire ar an nguthán, ní thógfaidís aon duine eile in ainriocht an mhalraigh seo.

Na póilíní a bhí leis an bhfear óg a cheapadh, bhí siad timpeall is tríocha bliain d'aois. Tháinig siad chun na Cácóine nuair nach raibh iontu ach tachráin, agus a muintir ar a seachnadh ón gcogadh a bhí ag streachailt na hIúgslaive as a chéile san am. Anois bhí siad ag caitheamh éadaí sibhialta agus iad ag cur gheáitsí na "bhfear fiáin ón Deisceart" orthu féin: ag bagairt a lámha ar a chéile agus ag labhairt go hard ina dteanga dhúchais féin, mar a bheidís ag díospóireacht go fíochmhar. Nuair a tháinig siad a fhad leis an bhfear

óg ón monarcha, thug fear acu soncadh láidir dó a
chnag as a sheasamh é. Ar an toirt, chuir an bheirt acu
a gcuid Albáinise uathu agus thosaigh siad ag labhairt
go leithscéalach i gCácóinis bhriste bhacach a raibh
crampa Balcánach uirthi.

Chuir siad cearthaí ar an bhfear óg a shíl gur gadaithe
a bhí iontu, rud a dúirt sé os ard.

"A mhalairt ar fad," arsa fear de na constáblaí go
croíúil. "Ní gadaithe sinn—"

"Ach póilíní!" arsa an fear eile agus chuir sé glais lámh
ar an malrach. Ní raibh crampa ar bith ar a theanga a
thuilleadh. "Sinne na Constáblaí Zymberi agus Kuqi ó
cheantar póilíneachta na Príomhchathrach, agus tá tusa
faoi ghlas de réir na seachtú míre san Acht um Chur in
Aghaidh na Sceimhlitheoireachta. Má theastaíonn uait
ionchúiseamh a sheachaint, caithfidh tú comhoibriú leis
na fórsaí slándála."

Thaispeáin gach fear den bheirt acu a chárta
aitheantais don bhuachaill, agus chaith seisean tamall
maith ag léamh na n-ainmneacha coimhthíocha:
Mehmet Zymberi agus Abdullah Kuqi. Ní fhéadfá a
shéanadh go raibh dintiúirí a gceirde ag na constáblaí,
ach b'fhéidir nár chiallmhar an mhaise do na póilíní fir
ón gcúlra áirithe seo a chur ag gabháil an mhalraigh,
chomh daingean is a chreid sé sna scéalta comhcheilge
a bhí le cloisteáil sa mhonarcha? Ar a laghad bhí sé ag
creathnú ó rinn go sáil le teann faitís agus é á sheoladh
ag Mehmet agus Abdullah.

Rug Abdullah Kuqi ar a ghuthán póca agus labhair
sé: "Seo an Húicéir. Chuaigh an cránaí in eangaigh.
Trálaer ag teastáil."

An Mórionsaí

"Seo an Calafort. Trálaer chugat," an freagra a fuair sé.

Agus cinnte ní raibh an "trálaer" sin i bhfad ag teacht a fhad leis an "húicéir," is é sin, an bheirt fhear a bhí ag seoladh an "chránaí". Carr póilíní a bhí sa "trálaer" ar ndóigh, agus thuirling beirt chonstáblaí eile den ghluaisteán sin. Bheannaigh siad do Mehmet agus Abdullah, agus nuair a bhí siad tar éis a gcártaí aitheantais a thaispeáint dóibh de réir nós imeachta na bpóilíní, chuaigh an fear óg ó lámha lucht a ghabhála go lámha lucht a iompair.

Chuir na fir shainéide iad féin in aithne don óganach: an Constábla Freimut Steinmetz agus an Constábla Tahvet Sastamon. Ansin, thug siad air suíochán cúil a ghlacadh ar an scuadcharr.

Níor thóg sé oiread is leathuair an chloig an fear óg a thabhairt os comhair lucht a chroscheistithe: Art-Zakar Renikan agus Makar Turkan ó na póilíní, Adrian Afinogenoff ón Státslándáil, agus an Captaen Uwe Schultheiss ó Sheirbhís Faisnéise na bhFórsaí Armtha. Faoin am seo bhí a fhios acu cheana cad é ab ainm don bhuachaill a bhí gafa acu: Iovanes Portuman a bhí air. Ar ndóigh ní raibh sé ar bís é féin a shloinn-eadh os ard, ach ansin thiontaigh sé amach go raibh lúb bheag gaoil ag an gConstábla Sastamon leis, agus ballaíocht aithne aige ar an bhfear óg mar sin.

Níor chaith na ceastóirí mórán ama le hábhair eile: go bunúsach chuir siad páirteanna na mionsamhlach ar an mbord, chóiméail siad an mhonarcha astu agus thosaigh siad ag cur ceisteanna ar Iovanes i dtaobh gach a raibh feicthe aige istigh ansin.

Tuigeadh d'Iovanes go raibh an cluiche caillte anois. Mar a bhí áitithe ag Pontapea air, ba chóir dó lámh a chur ina bhás féin ina leithéid seo de chruachás, seachas a dhath a nochtadh do na póilíní faoi chúrsaí na Gluaiseachta, Ní raibh sna húdaráis ach uirlis i lámh na bhfíorchumhachtaí rúnda a bhí ag cur cora i gcinniúint an chine dhaonna, dar le Pontapea. Ach anois, bhí sé idir dhá chomhairle faoi sin go hiomlán. Níor theastaigh uaidh féinmharú a dhéanamh beag ná mór. Fear folúil folláin i mbláth a óige a bhí ann, agus ní raibh fonn ar bith air slán a fhágáil ag an saol seo. Dá bhfanfadh sé ina thost agus na póilíní seo á cheistiú, b'fhéidir go gcaithfeadh sé na blianta fada a chur de i dtóin an phríosúin, agus níor thaitin an cineál sin todhchaí leis ach an oiread. Thairis sin ní raibh mórán craiceann fírinne fágtha ar na scéalta uafáis a chuala sé á n-aithris ag Pontapea. Bhí sé an dá ó le Tahvet Sastamon. An bhféadfadh a chol seisir féin a bheith ag obair d'aon saghas comhcheilge?

Thairis sin bhí urraim áirithe ag Iovanes d'fhórsaí armtha na Cácóine agus don chineál tírghrá a bhain leo. Nuair a chonaic sé os a chomhair féin fear faoi shainéide an Airm—an Captaen Faisnéise Schultheiss—ní raibh sé ábalta an fear sin a eiteach faoi eolas, ar maos le húdarás mar a bhí an tsainéide sin.

Mar sin, nuair a fágadh an focal aige, bhain sé an tsreang dá mhála agus thosaigh sé ag tál uaidh.

Istigh sa mhonarcha, áfach, d'airigh Pontapea Iovanes uaidh, agus é ag cur thuairisc an ógánaigh go mífhoighneach.

"Ní dheachaigh sé ach ag siopadóireacht," a dúirt Pontapea le Martin Kahelan, an buachaill a bhí ag déanamh gnó an *aide-de-camp* dó. "Níor ghnách dó roimhe seo bheith chomh fadálach sin i mbun a leithéide. Nach bhfuil siopa grósaireachta amháin beagnach thart an coirnéal?"

"Thug tú féin orduithe gan a bheith ag gnáthú aon siopa ar leith," a d'fhreagair an t-aidiúnach. "B'fhéidir go ndeachaigh sé i bhfad ar shiúl ar lorg siopa nár thug sé cuairt air go fóill."

Ba shotalach an mhaise don fhear óg a leithéid d'fhreagra a thabhairt, a shíl Pontapea ar dtús. Bhorr sé le fearg chuig an *aide-de-camp*, ach d'éirigh leis a thaom a thachtadh. B'fhéidir go raibh an ceart aige. B'fhéidir nach raibh cúis imní ann i ndiaidh an iomláin. Nach raibh sé féin tar éis a chur ina luí ar na buachaillí gurbh é an rud ba thábhachtaí ná gan súil an tslua a tharraingt ort féin? B'fhéidir nach raibh an fear óg sin amuigh ach ag snáthadh caife i mbialann bheag éigin i mórionad siopadóireachta na lárchathrach? B'fhearr i bhfad é sin ná é a bheith ag sculcaireacht timpeall ar nós an chomhchealgaire. An rud a dhéanfadh gnáthdhuine neamhurchóideach ná cupán den stuif dhubh a bhlaiseadh agus briosca a mhungailt os cionn nuachtán an lae. Má bhí Iovanes i mbun a leithéide ní bhfaighfeá locht air. Dherá ba mhór a bhí cupán ag teastáil ó Phontapea féin!

Le teacht an chlapsholais ghlaoigh Iovanes ar an bhfón póca ar an aidiúnach. Nuair a d'fhiafraigh an t-aidiúnach de, cad é a chuir cúl air, is éard a d'fhreagair sé ná:

"Bhí lár na cathrach ag cur thar maoil le lucht leanúna na foirne eile. An drae fios agam cén fáth."

An fhoireann eile—sin póilíní nó lucht slándála. D'inis an t-aidiúnach do Phontapea gurbh amhlaidh, agus sméid seisean a chloigeann leis an scéala a admháil.

"Nós imeachta?" arsa an tAidiúnach. Bhí sé ag tagairt don chomhghnás slándála a bhí leagtha amach ag Pontapea don chineál seo ócáidí.

"Nós imeachta," a d'fhreagair Iovanes.

"Ceart go leor," arsa an tAidiúnach. "Beidh fear chugat."

Chuaigh malrach eile de lucht leanúna Pontapea in araicis Iovanes, ach nuair a d'oscail sé an geata, tarraingíodh cochall dubh éadaigh anuas air. Rugadh greim docht air agus chuaigh sé ó lámh go lámh go dtí go raibh sé ina shuí i veain de chuid na bpóilíní.

Na crainn a bhí ag fás gach áit timpeall na monarchan—gach áit sa tír seo, le fírinne—ba mhaith an scáth iad dá raibh idir lámhaibh ag Pontapea agus a chuid cúlaistíní tráth, ach anois rinne siad an gnó céanna don fheadhain oibríochtaí speisialta—constáblaí agus saighdiúirí a bhí ag caitheamh cultacha cosanta ar eagla go mbeadh gás nimhe ag sileadh as an monarcha. Faoin am seo bhí Iovanes tugtha i bhfad ar shiúl ón áit cheana féin, chomh maith leis an mbuachaill a d'oscail an geata dó, agus an trúpa ruathair ar tí dul isteach. Bhí a fhios acu go raibh cúldoras ann nach raibh le feiceáil sna gormchlónna, agus iad ag déanamh a mbealaigh ina threo.

Nuair a bhí siad á ngrúpáil timpeall an dorais sin, d'oscail sé agus tháinig fear eile d'arm phríobháideach Phontapea amach. Nuair a chonaic sé os a chomhair na fir (agus cúpla bean ó na Fórsaí Armtha ina measc) a chuirfeadh spásairí nó neacha eachtardhomhanda i gcuimhne duit, d'fhan sé ina stangaire ar an tairseach ar feadh cúpla soicind. Ansin thum sé leathlámh isteach i bpóca, agus ba é sin an botún a chaill é. Nó is é an tátal a bhain duine de lucht an ruathair as gur ag iarraidh breith ar arm tine a bhí an fear óg, agus ansin ní raibh moill ar bith air féin urchar a scaoileadh leis an ógánach. Ní dhearna an raidhfil ach casachtach bheag, ó bhí ciúnadóir air, ach mar sin féin d'fhág an t-urchar sin an buachaill óg marbh in aice leis an doras.

Ansin chuaigh an fheadhain go léir isteach, agus níor thóg sé ach meandar beag orthu an foirgneamh a shealbhú. Ar ámharaí an tsaoil ní raibh sé riachtanach oiread is urchar amháin eile a scaoileadh. Tuigeadh do "shaighdiúirí" óga Phontapea go raibh port na "Gluaiseachta Glórmhaire" seinnte go deo, agus níor bhac siad le mairtíreachas ar son a gcúise.

"Lámha in airde! Lámha in airde!" a bhúir an fear a bhí i gceannas ar an bhfeadhain ruathair. "Tá sibh go léir faoi ghlas de réir an Achta um Chur in Aghaidh na Sceimhlitheoireachta! Caithigí uaibh na hairm thine agus bígí ag comhoibriú linn. Aon duine a chuideos leis na húdaráis cuirfidh an chúirt a chabhair san áireamh mar imthoisc mhaolaitheach. Mise an Captaen Airm Detlev Weber, agus cumhachtaí póilíneachta bronnta orm ag Remund Kalvake, Stiúrthóir Rannóg na Póilíneachta i Roinn na nGnóthaí Inmheánacha."

Ansin ghlaoigh sé ar Nestor Pontapea ina ainm.

Bhí Pontapea ina sheasamh sách cóngarach don Chaptaen Weber, agus na lámha in airde aige. Nuair a tháinig an crú ar an tairne, b'fhearr leis, chomh maith leis an gcuid eile acu, bheith ina chladhaire bheo ná ina mhairtíreach mharbh. D'ardaigh sé a shúile i dtreo an Chaptaein.

"Tú féin, beidh tú do do chúiseamh faoi mhír a sé, caibidil a dó déag, i gCód Coiriúil Phoblacht na Cácóine." Rinne an Captaen sos. "Is é an tromchion a chuirtear i do leith ná gur thusa a mharaigh Kaltepon, Berto Josepo, ar an 25ú lá de Mhí Bhealtaine i mbliana."

Phléasc na malraigh óga amach ag baint an fhocail den Chaptaen Weber. Pontapea i ndiaidh Kaltepon a mharú! A leithéid de shacrailéid á chur síos do cheann-aire na Gluaiseachta! Na hilchultúraithe a mharaigh Kaltepon, cinnte! Ní rithfeadh a leithéid le Pontapea! Leis an ngleo míshásta a bhí ann shílfeá go raibh Weber ag milleánú Dé as dúnmharú Íosa.

"Éistigí bhur mbéal anois!" a d'fhreagair Weber le giorraisce an fhir mhíleata. "Tá cúiseanna maithe ag na póilíní leis an drochamhras seo i leith Phontapea, agus déanta na fírinne is éadócha go mbacfaimis leis an ruathar seo choíche, ach go bé gur tháinig na bleachtairí ar an gconclúid gurbh eisean an murdaróir."

"Cén fáth? Cad chuige a ndéanfadh sé a leithéid?" a chualathas buachaill amháin a rá. Bhí sé ag méiligh mar a bheadh caora ann.

"Air féin is fearr duit an cheist sin a chur," a d'fhreagair an Captaen Weber.

Agus muise nuair a díríodh súile na n-ógánach ar Pontapea chonaic siad go raibh sé dearg san aghaidh agus na deora allais ag teacht leis chomh corraithe is a bhí sé.

"Ní raibh an dara rogha agam! Bhí na Rúisigh ag bagairt orm. Bhí sé ag tarraingt ar chiste na

An Mórionsaí

Gluaiseachta agus ansin chuir Platonov in iúl dom go raibh mise le piléar a fháil sa chloigeann mura mbeinn sásta Kaltepon a mharú. Bhí muid lena chraobh-scaoileadh ar fud na háite gur mairtíreach a bhí in Kaltepon agus gurbh iad na hilchultúraithe a mharaigh é." Ansin las coinnle nua suas i súile Phontapea. "Cén diabhal grá a bhí agaibh go léir don fhéileacán ollscoile sin? Ag plé le teangacha marbha a bhí sé! Ag caith-eamh airgead na gcáiníocóirí le gaoth! Ní shaothrófá pingin rua ar a leithéid de thruflais! Shíl an diabhal an domhan de féin chomh heolach is a bhí sé ar an gcineál sin seafóide!"

Bhí Pontapea ag spalpadh leis ar an téad seo go fóill nuair a tugadh ar shiúl é. Tháinig cóiste mór nó bus a raibh péint liathghlas uirthi—shílfeá gur leis na Fórsaí Armtha í, ach ba é an litriú a bhí le léamh ar thaobh an chóiste ná ROINN NA nGNÓTHAÍ INMHEÁN-ACHA—RANNÓG RIARTHA NA bPRÍOSÚN—MINISTERIUM DES INNEREN—ZENTRAL-AMT FÜR GEFÄNGNISVERWALTUNG. Bhí fuinneoga an bhus daingnithe le barraí iarainn díreach mar a shamhlófá le cóiste an phríosúin, agus chuaigh an gléas siúil go léir i bhfeidhm ort mar a bheadh carr armúrtha ann. Bhí armas na Cácóine ar thaobhdhoras an chóiste, agus sainéide ar leith ar an tiománaí.

Chomharthaigh na póilíní do na fir óga dul ar bhord an chóiste seo. D'oscail beirt chonstáblaí doras cúil an bhus in araicis na bpaisinéirí, agus ansin d'fhan siad ina seasamh ar dhá thaobh an dorais. Phreab na stócaigh isteach ina nduine agus ina nduine, agus dornasc buailte ar gach aon fhear acu.

Más arm d'aon chineál a bhí iontu riamh, ba léir go raibh cath is cogadh briste orthu anois.

Tháinig saineolaithe go dtí an mhonarcha, iad féin faoi chulaith chosanta, leis an arm ceimiceach a thabhairt chun neodrachta, agus cuireadh an staid aláraim ar ceal. D'fhill na póilíní agus na saighdiúirí, an fhoireann slándála agus an fhoireann tarrthála, ar a gcuid gnáthchúraimí i ndiaidh na hoibríochta seo. Maidir leis an mbuachaill a bhí sínte marbh amuigh in aice leis an gcúldoras, caitheadh i mála corpáin é lena thabhairt go dtí an mharbhlann. Ansin tháinig constábla ar cuairt chuig a thuismitheoirí lena chur in iúl dóibh cad é a tharla, agus chuaigh an tásc seo i bhfeidhm orthu siúd mar a shamhlófaí duit. Phléasc a gol ar an máthair agus í ag áitiú ar an gconstábla go raibh seisean sa mhícheart, nach raibh sé incheaptha gurbh é a mac bocht macánta a bheadh ann. An t-athair arís, bhí seisean suite siúráilte nach raibh cúis cheart dhlíthiúil ag na póilíní a mhac a mharú: chuirfeadh sé an dlí ar an rialtas go léir agus bhainfeadh sé luach fuascailte an rí astu mar éiric.

Bhí Platonov, an Rúiseach bréige, faoi choimhéad ag na húdaráis i gcónaí, ach mar sin féin nuair a chuaigh an cime rúndiamhair seo a chodladh dhá lá i ndiaidh ruathar na monarchan, ní raibh dúiseacht i ndán dó a thuilleadh. Bhí iontas ar a chuid séiléirí chomh ciúin is a bhí sé ar maidin lá arna mhárach, agus nuair a chuaigh siad isteach chuige, fuair siad go raibh an dé sleamhnaithe as mo dhuine i nganfhios do chách. Nuair a rinneadh scrúdú iarbháis air chuaigh den dochtúir an nimh ba thrúig bháis dó a aithint; bhí sé ag déanamh gur tocsain a bhí ann a aonraíodh as baictéar éigin, ach ní raibh sé in ann an baictéar sin a ainmniú.

Nuair a bhí Makar Turkan i mbun a mhachnaimh os comhair fhuinneog a sheomra chodlata, agus é ag breathnú ar shoilse na cathrach: KAUKICOMP, PETROKAUK, KAUKOPTIC, DELIKAUKAT-ESSEN, KAUKANO agus na fógráin iomadúla eile— d'aithin Traud féin go raibh an tocht imithe as scornach an fhir. Bhí dóchas nua aige as an todhchaí, as an gCácóin, agus ní raibh éigeandáil ar bith ag bagairt ar an tír ní ba mhó.

www.ingramcontent.com/pod-product-compliance
Lightning Source LLC
Chambersburg PA
CBHW020328260626
47156CB00004B/1426